中华传统节日诗词故事

重阳·除夕

陆 襄 主编　朱福生 编著

上海遠東出版社

图书在版编目(CIP)数据

中华传统节日诗词故事. 重阳·除夕/陆襄主编. —上海：上海远东出版社，2017
ISBN 978-7-5476-1262-0

Ⅰ. ①中… Ⅱ. ①陆… Ⅲ. ①古典诗歌-鉴赏-中国
Ⅳ. ①I207.22

中国版本图书馆 CIP 数据核字(2017)第 051061 号

责任编辑 殷卫星
装帧设计 李 廉

重阳·除夕
陆 襄 主编
朱福生 编著

出 版 上海远東出版社
(200235 中国上海市钦州南路 81 号)
发 行 上海人民出版社发行中心
印 刷 上海信老印刷厂
开 本 850×1168 1/32
印 张 5.125
字 数 68,000
版 次 2017 年 6 月第 1 版
印 次 2020 年 1 月第 2 次印刷
ISBN 978-7-5476-1262-0/G·801
定 价 18.00 元

编者的话

中华传统节日以宏大丰富的内容、绚烂缤纷的色彩展示了我国民族文化的壮丽画卷，寓含了深刻的文化内涵。在我国古代诗词中，与节日有关的作品数量可观，佳作迭现。这些古代诗词以其独特的形式记载了节日习俗的特点，生动地反映了古代人民过这些传统节日时的情形和心情，充分发掘了传统节日的意义，给予传统节日更为丰富的人文情感，丰富了传统节日的内涵，并对后世产生了深远的影响，如“每逢佳节倍思亲”（王维《九月九日忆山东兄弟》）、“爆竹声中一岁除”（王安石《元日》）、“但愿人长久，千里共婵娟”

（苏轼《水调歌头》）等节日名句更是家喻户晓。

2006年，《国务院关于公布第一批国家级非物质文化遗产名录的通知》明确指出，“保护和利用好非物质文化遗产，对于继承和发扬民族优秀文化传统、增进民族团结和维护国家统一、增强民族自信心和凝聚力、促进社会主义精神文明建设都具有重要而深远的意义”；同时，把文化部申报的春节、清明节、端午节、七夕节、中秋节、重阳节等节日正式纳入民俗类非物质文化遗产保护范围。

2008年4月1日，中共上海市科技教育工作委员会、市教委也发出了《关于在本市大中小学广泛开展传统节日教育的通知》。《通知》指出：“中华民族历史悠久，源远流长。中国传统节日凝结着中华民族的民族精神和民族情感，承载着中华民族的文化血脉和思想精华，是维系国家统一、民族团结和社会和谐的重要精神纽带，是建设社会主义先进文化的宝贵资源，是对青少年进行思想道德教育的重要载体。”

2017年，农历丁酉年春节前夕，中共中央办公厅、国务院办公厅，颁布了《关于实施中华优秀传统文化传承发展工程的意见》(简称《意见》),为中华儿女最看重的这一传统节日,增添了一分带有文化亲情的色彩。

文化是民族的血脉,是人民的精神家园。《意见》对增强传统文化生命力、影响力,意义重大。

《意见》坚持创造性变化和创新性发展,使中华民族最基本的文化基因与当代文化相适应、与现代社会相协调,把优秀传统文化贯穿国民教育始终,以此来滋养文艺创作、并将其融入生产生活。根据这一精神,政府将实施一系列继承发展工程,如构建中华文化课程和教材体系、加强国民礼仪教育,推进戏曲、书法、高雅艺术、传统体育进校园,以及推动中华传统节日振兴工程等。

为弘扬民族精神,推动传统节日教育,我们编写了“中华传统节日诗词故事”系列丛书,其中既包括了历代优秀的节日诗词,又介绍了与节日诗词有关的诗词故事,包括节日风俗、诗话词话和文人轶事等。

如果本书能够满足读者需要,在中华优秀传统节日振兴工程中,尽其微薄之力,能让优秀传统节日文化活起来,传下去,我们将深感荣幸。

目　录

重阳

除夕

【扩展阅读】

中华传统节日诗词故事

重　阳

节日来源

重阳节是古代的一个重要节日。据南朝梁吴均《续齐谐记》记载：东汉时汝南人桓景跟一个名叫费长房的术士学习。有一天，费长房对桓景说："九月九日，你家当有灾厄，宜赶快离开，令家人各作绛囊，盛茱萸系在臂上，登高饮菊酒，祸乃可消。"桓景如其言，举家登山。晚上回来，见鸡犬牛羊一时暴死。长房听说后讲："这些家畜代替灾厄了。"这传说反映了人民避灾免祸的愿望，九日登高饮酒、妇人佩茱萸囊等习俗，也是由此形成的。

农历九月九日之所以叫"重阳"，是因为我国古代把"九"定为阳数，九月九日，两个"九"，所以叫"重阳"。三国时曹丕在《与钟繇书》中说："岁往月来，忽复九月九日，九为阳数，而日月并应。俗嘉其名，以为宜于长久，故以享宴高会。"不仅解释了"重阳"得名的由来，还说明了"重阳"还是个吉时良辰。同时也能判

断，至少在东汉末，重阳节已经形成。东晋陶渊明《九日闲居》诗序说："余闲居，爱重九之名，秋菊盈园，而持醪靡由，空服九华，寄怀于言。"也表明了对"重阳"之名的喜爱。

1. 登高

重九登高之俗始于西汉。《西京杂记》云:“三月上巳,九月重阳,士女游戏,就此祓禊登高。”将重九和重三相对,并指出了登高祛邪免祸的用意。魏晋南北朝时代,重九登高之俗已经完备,有关登高之俗起源的传说故事也开始流行。吴均《续齐谐记》中就记载了重阳登高的传说。此时的登高,已经增加了游乐内容,或者说以游乐为主要内容了。《荆楚岁时记》云:“九月九日,四民并籍野炊宴”,“杜公瞻云:九月九日宴会,未知起于何代,然自汉世以来未改。今北人重此节。佩茱萸,食饵,饮菊花酒,云令人长寿。近代皆设宴万台榭”。《晋书·孟君传》记载,晋人参军孟嘉在重阳节和友人登临湖北江陵县龙山,观赏秋色,开怀畅饮,连风把帽子吹掉了也不知道,因此人们便将此处称为“落帽台”,成为历代重阳登高胜地。《南齐

书·礼志》记载，宋武帝在鼓城时，九日，上项羽戏马台登高。“九日台”也是重阳登高胜地，《南齐书》记载，齐武帝萧衍在永明五年(487)重阳登上孙陵岗，并在此大宴群臣，因此后人称此处为“九日台”。清代《燕京岁时记》载此俗：“每届九月九日，则都人士提壶携溘，出郭登高。南则在天宁寺、陶然亭、龙爪槐等处，北则蓟门烟树、清净化城等处，远则西山八刹等处。赋诗饮酒，烤肉分糕，洵一时之快事也。”

2. 插戴茱萸

登高会也叫“茱萸会”，因为登高时有插茱萸、佩茱萸囊之俗，故称。其缘起仍与桓景避灾的故事有关。后世对其作用的解释则是避恶气、御初寒：“九月九日律中无射而数九。俗以此日茱萸气烈成熟，尚此日折茱萸房以插头，言辟恶气而御初寒。”《西京杂记》曾记汉高祖宠妃戚夫人侍儿贾佩兰“佩茱萸”之举。至唐宋，这种习俗更加盛行，唐代沈佺期《九日临渭亭侍宴应制得长字》诗云：“魏文颂菊蕊，汉武赐萸囊。……年年重九庆，日月奉天长。”张说《湘州九日城北亭子》诗云:"西楚茱萸节,南淮戏马台。"王维《九月九日忆山东兄弟》诗也说道:"遥知兄弟登高处,遍插茱萸少一人。"北宋时,京师(今河南开封)妇女则剪彩缯为茱萸,以相馈赠。

3. 赏菊、饮菊花酒

赏菊、饮菊花酒,这也是重阳节的主要习俗。据《西京杂记》记载:"菊花舒时并采茎叶,杂黍米酿之,至来年九月九日始熟就饮焉,故谓之菊花酒。"菊花种类很多,可供食用的甘菊或白花菊,用来酿酒,清新可口。菊花酒能治头风明目,平肝清热,去痿痹。古时人们认为久服能延年益寿,是我国古代民间最实用的著名药酒。《太清诸草木方》记载:"九月九日采菊花与茯苓、松柏脂,丸服之,令人不老。"曹丕曾作书赞菊花可以"辅体延年"。唐李欣《九月九日刘十八东堂集》诗云:"风俗尚九日,此情安可忘。菊花辟恶酒,汤饼茱萸香。"

重阳佳节,赏菊饮酒,吟诗作赋,别有一番情趣。曹操写给钟繇的书信里说:"九月九日,草木遍枯,而菊芬然独秀，今奉一束。”可见三国时代，已有重阳节赠菊的习俗。谈到赏菊，人们自然会联想到陶渊明，“采菊东篱下，悠然见南山”是他的隐居生活的诗意写照。周密《乾淳岁时记》云：“禁中例于八日作重九排当，于庆端殿分列万菊，灿然炫眼，且点菊灯，略如元夕。”这就为清代的所谓“九花山子”打下了基础。九花山子是各色菊花数百盆堆成的，并结缀出吉祥的字样来。《燕京岁时记·九花山子》记云：“九花者，菊花也。每届重阳，富贵之家以九花数百盆，架次广厦中，前轩后轾，望之若山，曰九花山子。”

旧日，每逢重阳有插菊的习俗。这种习俗起初或有辟恶的意思，后来则纯粹是为了装饰。唐《辇下岁时记》载：“长安宫掖在九月九日争插菊花。”这种情形在民间也很普遍，杜牧就在《九日齐山登高》诗里说：“尘世难逢开口笑，菊花须插满头归。”周密《武林旧事》云：“都人是日饮新酒，泛萸簪菊。”元人卢挚《沉醉东风·闲居》“白发上黄花乱插”，也说明簪菊之风的流传。

4. 重阳糕

重九的又一节物是重阳糕。重阳糕的原型是汉代的“蓬饵”。《西京杂记》云：“戚夫人侍儿贾佩兰，后为扶风八段儒妻，二说在宫内时……九月九日佩茱萸，食蓬饵，饮菊花酒。”唐、宋时称重阳糕。《嘉话录》曾记唐人袁师德因避其父袁高之讳不食重阳糕之事。吴自牧在《梦粱录》中记述九月九日，“此日都人店肆，以糖面蒸糕，上以猪羊肉鸭子为丝簇饤，插小彩旗，名曰‘重阳糕’。”孟元老《东京梦华录》详尽地描述了当时的重阳糕。明、清时，也叫“花糕”，因其上缀饰栗子、枣子，斑斓如花，故称。《帝京景物略》云：“九月九日……麦饼种枣栗其面，星星然，曰花糕。”《燕京岁时记》谓有两种：其一以糖面为之，中夹细果，两层三层不同，乃花糕之美者；其二蒸饼之上星星然缀以枣栗，乃糕之次者也。每届重阳，市肆间预为制造以供应。

其实，菊花糕也是重阳糕的一种。以菊花入饮食是我国古老的风俗。早在先秦，屈原诗中就有“夕餐秋菊之落英”的句子，至于屈原如何“餐菊”，尚不得而知。宋代有印以菊花的“菊花糕”。《乾淳岁时记》云：

“都人是日饮新酒，泛萸簪菊，且各以菊糕为馈，以糖肉秫面杂物为之。”这大概是“餐菊”的一种办法。

5. 骑射、围猎

重阳节还有骑射活动。南北朝时，皇帝规定：每年的重阳，人们必须练习骑马射箭。这是与北地游牧民族关系密切的一种重阳习俗。南北朝时期，北地民族发展迅速，内地重阳节俗影响了他们，而他们也在重阳节俗中融进了骑射、围猎的活动。这种习俗也影响到内地，唐、宋宫廷皇室多有此举。辽金两个游牧民族建立起来的王朝自然少不了此俗。《辽史·礼志》云：“九月重九日，天子率群臣部族射虎，少者为负，罚重九宴。射毕，择高地卓帐，赐蕃汉臣僚饮菊花酒……又研茱萸酒洒门户以禬禳。”清代朱彝尊《日下旧闻·卷三十七》也记此俗：“九月九日打围斗射虎，少者为负，输重九一筵席。射罢，于地高处卓帐，饮菊花酒，出兔肝生切，以鹿舌酱拌食之。”

《南齐书·礼志》：“九月九日马射。秋金之节，讲武习射，像汉立秋之礼。”南朝陈后主陈叔宝也酷爱骑射，他的《五言同管记陆瑜九日观马射诗》写道："且观千里汗，仍瞻百步杨。非为从逸赏，方追塞外羌。"不过，"塞外羌"还没出现，他就先被隋给灭了。到了唐代，骑射之风仍然兴盛。《唐会要》卷二六记载："贞观十六年九月九日，赐文武五品以上射于玄武门。"侯白《启颜录》还记载了唐代重阳赐射时的趣事："唐，宋国公萧瑀不解射，九月九日赐射，瑀箭俱不着垛，一无所获。欧阳询咏之曰：'急风吹缓箭，弱手驭强弓。欲高翻复下，应西还更东。十回俱着地，两手并擎空。借问谁为此，乃应是宋公。'"这首诗引得众人哈哈大笑。不过，从此萧瑀和欧阳询之间便有了嫌隙。

节日诗词

九日闲居并序

［晋］陶渊明

余闲居，爱重九之名，秋菊盈园，而持醪靡由，空服九华[①]，寄怀于言。

世短意常多，斯人乐久生[②]。
日月依辰至[③]，举俗爱其名[④]。
露凄暄风息[⑤]，气澈天象明。
往燕无遗影，来雁有余声。
酒能祛百虑[⑥]，菊解制颓龄[⑦]。
如何蓬庐士，空视时运倾！
尘爵耻垒虚[⑧]，寒华徒自荣[⑨]；

敛襟独闲谣，缅焉起深情[10]。
栖迟固多娱[11]，淹留岂无成[12]。

【注释】

① 九华：九日之华，重九之华，即菊花。

② “世短”两句：“世短”指人生在世的时间短。“久生”即“长生”。《古诗》：“生年不满百，常怀千岁忧。”

③ 依辰至：依照季节到来。

④ 爱其名：喜欢“重九”这个名字。曹丕《与钟繇书》云：“九为阳数，而日月并应，俗嘉其名，以为宜于长久。”

⑤ 暄风：暖风。

⑥ 祛：除。

⑦ 制：禁止。颓龄：衰年。这是说，服菊花可以禁止衰老。晋傅统妻《菊花颂》：“爰采爰拾，投之醇酒。服之延年，佩之黄耇。”

⑧ 爵：酒器。尘爵，指酒杯长久不用而蒙有灰

尘。垒：大酒尊，大酒壶。说虚杯生尘是酒壶的耻辱。《诗经·小雅·寥义》："瓶之罄矣，唯垒之耻。"

⑨ 寒华：指菊花。"华"同"花"。

⑩ 缅焉：深思遐想貌。

⑪ 栖迟：隐居休息。

⑫ 淹留：长期隐退。《楚辞·九辩》："蹇淹留而无成。"此反其义而用之。

【今译】

人生苦短而烦恼不少，
因此谁都想长生不老。
重阳节按时准点到来，
老百姓都喜欢这名称。
露水凄清而暖风已止，
秋高气爽又天象清明。
飞去的燕子已无踪影，
北来的大雁还有余声。
酒能祛除心中的烦恼，
菊花能令人制止衰老。

为何我这隐居的贫士，
只能让重阳佳节空过！
酒器空空已积满灰尘，
秋菊在篱边空自开放。
整敛衣襟，独自闲吟，
思绪辽远，感慨遥深。
游息山林固然多欢乐，
留滞人世会一事无成？

【鉴赏】

重阳节自古有饮菊花酒的习俗，据说可以延年益寿。《西京杂记》云："九月九日佩茱萸，食蓬饵，饮菊花酒，令人长寿。"据《宋书·陶潜传》载，陶渊明归隐后闲居家中，某年九月九日重阳节，宅边的菊花正开，然因家贫无酒，遂在菊花丛中坐了很久。正在惆怅感伤之际，忽然做江州刺史的王弘派人送来了酒。陶渊明也不推辞，开怀畅饮，表现了他不受拘束，纯任自然的天性。这首诗根据其小序中所说的情形来看，和传中所叙之事略同。

“世短意常多”四句，以议论领起，解释了重九之名，并提出感叹人生的主题。意谓人生在世，不过如白驹过隙，正由于其为极短暂的一瞬，故人们产生了各种各样的烦忧顾虑，也导致了人们企慕长寿永生的祈求。一年一度的重阳佳节按着时序的推移又来到了，人们之所以喜爱这个以“九”命名的节日，因为“九”与“久”谐音，所以对它的喜爱正体现了对长生的渴求。这里“举俗爱其名”与小序中的“爱重九之名”一致。

“露凄暄风息”至“寒华徒自荣”十句写景抒情，感叹自己有菊无酒，空负良辰美景。这里描写了一幅天朗气清的深秋景象，与诗人自己贫寒潦倒的处境形成鲜明对照，自然景象的美好反衬出诗人心绪的寥落。

结尾四句不仅感叹人生的短暂，而且对人生的价值重新作了审视，诗中关于“深情”的内容并没有加以明确说明，只是隐隐约约地点出作者悲从中来的原因不仅仅是为了无酒可饮。因而历来解此诗者就以为陶渊明在此中暗寓了他对晋宋易代的悲愤，借此表示了对前朝的留恋，并有志于恢复王室之事。

此诗将写景、抒情与说理融合在一起，体现了陶诗自然流转的特点，其中某些句子凝炼而新异，如“世短意常多”、“日月依辰至”及“酒能祛百虑，菊解制颓龄”等虽为叙述语，然遒劲新巧，词简意丰，同时无雕饰斧凿之痕，这正是陶诗语言令人难以企及之处。

诗词故事

重阳节白衣送酒

说起饮菊花酒，这缘自陶渊明的故事。陶渊明在《九日闲居》诗序中说：“余闲居，爱重九之名。秋菊盈园，而持醪靡由，空服九华，寄怀于言。”陶渊明《己酉岁九月九日》说：“何以称我情，浊酒且自陶。”陶渊明喜欢喝酒，可是因为家贫，时常缺酒。南朝宋檀道鸾《续晋阳秋》记载了这样一件事：“陶潜尝九月九日无酒，(出)宅边菊丛中，摘菊盈把，坐其侧久，望见白衣至，乃王弘送酒也，即便就酌，醉而后归。”说的是江州刺史王弘派白衣仆人在重阳节给在篱边赏菊的陶渊明送酒事。这件事就是“白衣送酒”典故的由来。

古代诗人写到重阳节常用到此典故，如唐代王绩《九月九日》“香气徒盈把，无人送酒来”，岑参《行军九日思长安故园》“战事正频繁，无人送酒来”，皇甫冉《重阳日酬李观》“不见白衣来送酒，但令黄菊自开花”，南宋文天祥《发彭城》“白衣送酒来，把菊卧东篱”，元代卢挚《沉醉东风·重九》“冷清清暮秋时候，衰柳寒蝉一片愁，谁肯教白衣送酒”等。

节日诗词

九月九日忆山东兄弟①

［唐］王　维②

独在异乡为异客③，每逢佳节倍思亲。
遥知兄弟登高处④，遍插茱萸少一人⑤。

【注释】

① 九月九日：指农历九月九日重阳节。山东：指华山以东作者家乡蒲州。

② 王维(701—761)：字摩诘，蒲州(今山西永济县)人。唐代诗人，兼通音乐和绘画。

③ 客：漂泊在外的人。

④ 登高：古有重阳节登高的风俗。

⑤ 茱萸(zhū yú):一种香草。古时重阳节人们插戴茱萸,据说可以避邪。

【今译】

一个人漂流他乡成了外来的客,
每逢佳节更加怀念家乡的亲人。
想到故乡弟兄们在登高的时候,
插上茱萸会发现少了我一个人。

【鉴赏】

王维是早熟的诗人,“年未弱冠,文章得名”。这首《九月九日忆山东兄弟》是他十七岁作的,立即成为脍炙人口的名作,广为人们传诵。王维弟兄共五人,他居长,另有两个妹妹。作这首诗时,他初次离开了家乡,诗中表达了他思念亲人的深情。

诗以直抒思乡之情起笔。“独在异乡”,暗写了孤独寂寞的环境,对于初次离家的少年来说,对这种环境特别敏感。“异客”则更强调了游子在异乡举目无亲的生疏清冷的感受。用“独”和两个“异”字组在一句诗里，大大加深了主观感受的程度。第二句“每逢佳节倍思亲”是前面情绪的合理发展，说明平常已有思亲之苦，而到节日，这思念就愈加转深和增强了。“倍”字用得极妙，是联系上下两句情绪之间的关键。这两句构成全诗的一个层次，是从抒发主人公主观感受来表现思亲之情的。

后两句采用对面设想的手法，以“遥知”使诗意的发展来个急转，转到从亲人的角度来加深表现两地相念之情。“遥知”以下全是想象，揣想这重阳佳节到来之时，亲人们定和往年一样登高饮酒。这紧扣了诗题，也点明了第二句提到的“佳节”的具体所指了。作者料定，当亲人团聚一起欢度重阳节而“遍插茱萸”之时，会记起他这客处异乡的游子的。结句将全诗的情感推向高潮，未再直言思亲，而其情自见，给人留下想象的余地。

全诗反复跳跃，含蓄深沉，既朴素自然，又曲折有致。“每逢佳节倍思亲”千百年来，成为游子思念的名言，打动多少游子离人之心。

诗词故事

九日茱萸插何处

王维《九月九日忆山东兄弟》诗中说到“遥知兄弟登高处，遍插茱萸少一人”，那个“茱萸”如何插？插在什么地方？是个有意思的问题。有文章分析说：“重阳节有登高的风俗，登高时佩带茱萸囊，据说可以避灾。”但是这“插”和“佩带”是两个不同的动作，两者距离似乎比较遥远。

应该承认，说“佩带茱萸”是有根据的。晋葛洪所撰《西京杂记》说：“汉武帝宫人贾佩兰，九月九日佩茱萸，食蓬饵，饮菊花酒，云令人长寿。”梁朝吴均所著的《续齐谐记》记载了重阳节的传说，其中也说到“佩带茱萸”的事情：“汝南桓景随费长房游学累年。长房谓之曰：‘九月九日汝家当有灾厄，急宜去。令家人各做绛囊，盛茱萸以系臂；登高，饮菊花酒，此祸可消。’景如言，举家登山。夕还家，见鸡、狗、牛、羊，一时暴死。长房闻之曰：‘代之矣。’今世人每至九日登山饮菊花酒，妇人带茱萸囊是也。”这应该是“佩带”的出处，如何佩带，也交代得很清楚，“令家人各做绛囊，盛茱萸以系臂”，就是先做个口袋，再往口袋里装茱萸，然后系在手臂上。

但是“插茱萸”也是有来历的。晋周处《风土记》曰：“九月九日，律中无射而数九，俗尚此月，折茱萸房以插头，言辟除恶气而御初寒。”这里明说是“插”，而且“折茱萸房以插头”连插的部位也交代得很清楚。可见“插茱萸”的做法也由来已久。

问题是唐代采用哪种方式？王维用“插”而不用“佩带”，应当和唐代的习俗有关。我们进一步考察，可以看到，唐诗中“插茱萸”的还不止王维一个。如杨衡《九日》：“不堪今日望乡意，强插茱萸随众人。”王昌龄《九日登高》：“茱萸插鬓花宜寿，翡翠横钗舞作愁。”不仅用了“插”，而且“插鬓”也交代了插在哪里。白居易《九日宴集醉题郡楼兼呈周殷二判官》“舞鬟摆落茱萸房”，说跳舞时插在头上的茱萸掉下来了。刘兼《重阳感怀》“归计未成年渐老，茱萸羞戴雪霜头”、朱放《九日与杨凝、崔淑期登江上山会有故不得往因赠之》“那得更将头上发，学他年少插茱萸”、耿沣《九日》“九日强游登藻井，发稀那敢插茱萸”三首，则刻画了老年人插茱萸的心态。刘兼感到羞愧，不好意思把茱萸插在头上，仿佛这“茱萸”是年轻人的装饰似的；朱放则表示希望如少年人那样把茱萸插在头上；耿沣因为头发稀少，担心插不住茱萸，颇有“浑欲不胜簪”的味道。不过由此也能看到，唐时已将茱萸插到头上，而此举更多是年轻人的行为。王维写这首诗时是十七岁，也正是青年时代。如果是这样，那原来的“驱灾避祸”的含义也开始演变为时尚了。

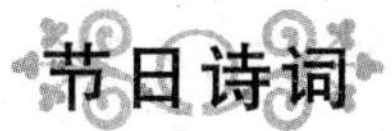

节日诗词

秋登万山寄张五[1]

［唐］孟浩然

北山白云里，隐者自怡悦[2]。
相望试登高，心飞逐鸟灭。
愁因薄暮起[3]，兴是清秋发[4]。
时见归村人，平沙渡头歇[5]。
天边树若荠[6]，江畔洲如月。
何当载酒来[7]，共醉重阳节。

【注释】

① 万山：在今湖北省襄阳县。张五：名子容，隐

居于襄阳岘山南约两里的白鹤山。

② 北山：即万山。隐者：指诗人自己。这两句化用了陶弘景《诏问山中何所有赋诗以答》："山中何所有，岭上多白云。只可自怡悦，不堪持赠君。"

③ 薄暮：傍晚。

④ 兴：兴致。

⑤ 渡头：即渡口。

⑥ 荠：即荠菜，一种野菜，形容远望天边的树木就像荠菜一样细小。戴暠《度关山》："今上关山望，长安树如荠。"薛道衡《敬酬杨仆射山斋独坐》："遥原树若荠，远水舟如叶。"

⑦ 何当：何时才能。

【今译】

远望万山顶上云海变化万千，
可惜只有我一个人独自欣赏。
我试着登上高山是为了遥望，
心情早就随着鸿雁远走高飞。
忧愁每每是薄暮引发的情绪，

兴致往往是清秋招致的氛围。
在山上时时望见回村的人们，
走过沙滩坐在渡口悠闲歇息。
远看天边的树林就像是荠菜，
俯视江畔的沙洲好比是弯月。
什么时候你能带上美酒来此，
在重阳节这天和你开怀畅饮？

【鉴赏】

这是一首怀人之作。当时张子容隐居白鹤山，孟浩然园庐在岘山附近，两地约两里路。孟浩然因登岘山对面的万山以望张子容，并写诗寄意。

晋代陶弘景《诏问山中何所有赋诗以答》云："山中何所有，岭上多白云。只可自怡悦，不堪持赠君。"孟浩然这首诗开头两句就从陶诗脱化而来。三四两句起，进入题意。"相望"表明了对张五的思念。由思念而"登万山"远望，望而不见友人，但见北雁南飞。诗人的心似乎也随鸿雁飞去，消逝在遥远的天际。这是写景，又是抒情，情景交融。雁也看不见了，而又近黄昏时分，心头不禁泛起淡淡的哀愁，然而，清秋的山色却使人逸兴勃发。

“时见归村人，平沙渡头歇。天边树若荠，江畔洲如月”，是写从山上四下眺望，天至薄暮，村人劳动一日，三三两两逐渐归来。他们有的行走于沙滩，有的坐歇于渡头。显示出人们的行动从容不迫，带有几分悠闲。再放眼向远处望去，一直看到“天边”，那天边的树看去细如荠菜，而那白色的沙洲，在黄昏的朦胧中却清晰可见，似乎蒙上了一层月色。

这四句诗是全篇精华所在。在这些描述中，作者既未着力刻画人物的动作，也未着力描写景物的色彩。用朴素的语言，如实地写来，是那样平淡，那样自然。既能显示出农村的静谧气氛，又能表现出自然界的优美景象。

“何当载酒来，共醉重阳节”，照应开端数句。既明点出“秋”字，更表明了对张五的思念，从而显示出友情的真挚。

诗词故事

九日登高

重阳登高的习俗始于西汉，历代文人墨客写下许多富有情趣的重阳登高诗篇。其中，唐代王维《九月九日忆山东兄弟》自然是最为脍炙人口的，其中“每逢佳节倍思亲”成了千古名句。杜甫的九日登高诗很多，其《九日》诗云：“重阳独酌杯中酒，抱病起登江上台。”又《登高》诗云：“万里悲秋常作客，百年多病独登台。”杜甫的登高诗秉承他抑扬顿挫的风格，常和国事联系在一起，表现出他忧国忧民的情怀。当然也有很多诗是描写重阳时的山水风光和抒发对亲友的怀念之情的。孟浩然《秋登万山寄张五》：“相望试登高，心飞逐鸟灭”，便是抒发了对张五的思念。刘长卿《九日登李明府北楼》诗：“九日登高望，苍苍远树低。人烟湖草里，山翠县楼西。”写出作者重阳登高，远眺壮丽山河的情景。杜牧《九日齐安登高》“江涵秋影雁初飞，与客携酒上翠微”，在和朋友登高远眺之中寄寓了更多的人生感慨。

节日诗词

九日蓝田崔氏庄[①]

［唐］杜　甫

老去悲秋强自宽[②]，兴来今日尽君欢。
羞将短发还吹帽[③]，笑倩旁人为正冠[④]。
蓝水远从千涧落[⑤]，玉山高并两峰寒[⑥]。
明年此会知谁健，醉把茱萸仔细看[⑦]。

【注释】

① 九日：农历九月九日为重阳节，此日人们登高饮酒，还佩带茱萸避灾。蓝田：今陕西省蓝田县。

② 强：勉强。

③“羞将”句：人老了，害怕他人看到帽子里边的萧萧短发，所以在风吹帽子时，笑着请旁人帮助正一正。是用“孟嘉落帽”的典故。吹帽：指风吹帽落。

④ 倩：央求。正冠：把帽子戴端正。冠：帽子。

⑤ 蓝水：即蓝溪，在蓝田山下，流经蓝田东部。

⑥ 玉山：山名，即蓝田山，位于蓝田，因产美玉，故名。

⑦ 茱萸：草名。古时重阳节，佩茱萸囊可以祛邪避恶，益寿延年。

【今译】

人老悲秋，还是要自己心情放宽。
今日兴致勃勃，可同你尽情欢乐。
我头发稀短，担心帽子被风吹落，
笑着央求旁人，帮我把帽子戴好。
蓝田的水，远从千条溪涧中流来，
玉山高耸，两峰带来凄清的冷寒。
明年相会时，不知道谁还能健在？
还是喝醉后，拿着茱萸仔细观看。

【鉴赏】

此诗乾元元年(758)重阳节在蓝田崔氏庄园所作。

首联对起,先说悲,后说欢。人到老年,每逢秋季,总是容易多愁善感,只有勉强宽慰自己,当酒兴来时,却愿尽情畅饮。颔联借用典故,写老年怕帽落,显露出自己的萧萧短发,诗人以此为“羞”,因此风吹帽子时,笑着请旁人帮他正一正。这里借用“孟嘉落帽”的典故。王隐《晋书》:“孟嘉为桓温参军,九日游龙山,风至,吹嘉帽落,温命孙盛为文嘲之。”杜甫曾授率府参军,此处以孟嘉自比,符合身份。孟嘉落帽显出名士风流蕴藉之态,杜甫此时心境不同,他怕落帽,反请人正冠,别是一番滋味。说是“笑倩”,实是强颜欢笑,内里流露出一缕伤感、悲凉的意绪。这一联用典入化,传神地写出杜甫那几分醉态。

颈联写崔氏庄园的秋景,“蓝水”、“玉山”两句描山绘水,气象峥嵘。用“蓝水”、“玉山”相对,色泽淡雅;用“远”、“高”拓开广阔的空间;用“落”、“寒”稍加点染,既标明深秋的时令,又令人有高危萧瑟之感。

诗句豪壮中带几分悲凉，雄杰挺峻。

结联显出已有醉意，想到明年“知谁健”，又感觉十分忧伤。诗人只好把茱萸细看，语意深长，悠然无尽。上句一个问句，表现出诗人沉重的心情和深广的忧伤，含有无限悲天悯人之意。下句用一“醉”字，将全篇精神收拢，鲜明地刻画出诗人此时的情态：虽已醉眼朦胧，却仍盯住手中茱萸细看，未置一言，却胜过万语千言。

诗词故事

龙山会孟嘉落帽

孟嘉落帽是重阳诗词中常用的典故。《晋书·桓温传》记载：“九月九日，(桓)温燕龙山，僚佐毕集。时佐吏并著戎服，有风至，吹嘉帽堕落，嘉不之觉。温使左右勿言，欲观其举止。嘉良久如厕，温令取还之，命孙盛作文嘲嘉，著嘉坐处。嘉还见，即答之，其文甚美，四坐嗟叹。”《晋书》没有具体写孙盛是如何作文嘲嘉的，也没有写孟嘉是如何回答的，只说了“其文甚美，四坐嗟叹”。桓温只是借此来看孟嘉遇到这种尴尬事时是如何表现的，孟嘉的表现显然是赢得了大家的赞许，显示出名士风流蕴藉之态。因此人们便将此处称为“落帽台”，成为历代重阳登高胜地。

重阳诗词中也常用到孟嘉落帽的典故。如孟浩然《卢明府九日岘山宴袁使君张郎中崔员外》：“共美重阳节，俱怀落帽欢。”李白《九日龙山饮》诗云：“醉看风落帽，舞爱月留人。”许棠《白菊》：“所尚雪霜姿，非关落帽期。”元稹《答姨兄胡灵之见寄五十韵》：“登楼王粲望，落帽孟嘉情。”杜甫《九日蓝田崔氏庄》“羞将短发还吹帽，笑倩旁人为正冠”的用法与众不同，他是怕帽子被风吹落，因而特地请人帮他把帽子戴正。因此，宋代杨万里《诚斋诗话》说：“孟嘉以落帽为风流，此以不落帽为风流，翻尽古人公案，最为妙法。”其实杜甫不是为用典而用典，他之所以会有这样的想法，还是为了突出自己老年人的心态。

节日诗词

行军九日思长安故园[1]

［唐］岑 参[2]

强欲登高去，无人送酒来[3]。
遥怜故园菊，应傍战场开[4]。

【注释】

① 故园：岑参是南阳人，但久居长安，故称长安为"故园"。唐天宝十四载(755)安禄山起兵叛乱，次年长安被攻陷。至德二载(757)二月肃宗由彭原行军至凤翔，岑参随行。他在行军中度重阳节，作此诗忆故园。

② 岑参(715—770)：南阳(今属河南)人。天宝

进士，曾随高仙芝到安西、武威，后又往来于北庭、轮台间。官至嘉州刺史，卒于成都。他的诗善于描绘塞上风光和战争景象，气势豪迈，情辞慷慨，语言变化自如。

③ 送酒：用陶渊明的故事，据《南史·陶潜传》记载，陶潜（渊明）有一次在家过重阳节，无酒可饮，只得在宅边的菊花丛里闷坐着。幸而刺史王弘送酒来了，才得痛饮一场。

④“遥怜”两句：本篇原注云：“时来收长安。”末两句忧虑故居已沦为战场。

【今译】

虽在行军中，仍要去登高，
战事正频繁，无人送酒来。
遥想长安城，还在敌手中，
故园菊盛开，未料傍战场。

【鉴赏】

岑参的这首重阳诗，表现的不是一般的节日思乡,而是对国事的忧虑和对战乱中人民疾苦的关切。表面看来写得平直朴素,实际构思精巧,情韵无限,是一首言简意深、耐人寻味的抒情佳作。

古人在九月九日重阳节有登高饮菊花酒的习俗,首句“登高”二字就紧扣题目中的“九日”。第二句化用陶渊明的典故。据《南史·隐逸传》记载:陶渊明有一次过重阳节,没有酒喝,就在宅边的菊花丛中独自闷坐了很久。后来正好王弘送酒来了,才醉饮而归。这里反用其意,是说在战乱中,没有像王弘那样的人来送酒助兴。此句承前句而来,衔接自然,写得明白如话,使人不觉是用典。正因为此处巧用典故,所以能引起人们种种的联想和猜测:造成“无人送酒来”的原因是什么呢?这里暗寓着题中“行军”的特定环境。

第三句开头一个“遥”字,是渲染自己和故园长安相隔之远,而更见思乡之切。作者写思乡,没有泛泛地笼统地写,而是特别强调思念、怜惜长安故园的菊花。这样写,不仅以个别代表一般,以“故园菊”代表整个故园长安,显得形象鲜明,具体可感;而且这是由登高饮酒的叙写自然发展而来的,是由上述陶渊明因无酒而闷坐菊花丛中的典故引出的联想，具有重阳节的节日特色，仍贴题目中的“九日”，又点出“长安故园”，可以说是切时切地，紧扣诗题。诗写到这里为止，还显得比较平淡，然而这样写，却是为了逼出关键的最后一句。这句承接前句，是一种想象之辞。诗人设想它“应傍战场开”，这样的想象扣住诗题中的“行军”二字，结合安史之乱和长安被陷的时代特点，写得新巧自然，真实形象。此处的想象之辞显然已经突破了单纯的惜花和思乡，而寄托着诗人对饱经战争忧患的人民的同情，对早日平定安史之乱的渴望。这一结句用的是叙述语言，朴实无华，但是寓巧于朴，余意深长，耐人咀嚼，顿使全诗的思想和艺术境界出现了一个飞跃。

诗词故事

重阳节东篱赏菊

重阳赏菊并饮菊花酒，据说是起源于晋朝大诗人陶渊明。他在《九日闲居》诗序文中说：“余闲居，爱重九之名。秋菊盈园，而持醪靡由，空服九华，寄怀于言。”陶渊明以隐居出名，以诗出名，以酒出名，也以爱菊出名。其名句“采菊东篱下，悠然见南山”表现了陶渊明闲适的生活情趣，历来为人传诵。菊花是秋令花卉，民间还把农历九月称为“菊月”。赏菊虽不限于九月九日，但仍然以重阳节前后最为繁盛。陶渊明有祝菊诗云：“菊花如我心，九月九日开。客人知我意，重阳一同来。”果然，到九月九日那天，含苞欲放的菊花真的争奇斗艳地一齐盛开了，客人们也都在那天来了。陶渊明因此还被封为九月菊花花神。

陶渊明最爱菊花，简直是个“菊迷”。菊花是经得起秋后风霜摧折的花卉，象征着高洁的品格。陶渊明生活在晋宋易代的乱世，不满当时的政治倾轧和官吏的腐败，也有高洁的品格，正和菊花的精神契合。他辞去官职，回到家乡柴桑（今江西）隐居，在宅旁东篱边种了许多菊花，朝夕观赏。他的名句“采菊东篱下，悠然见南山”，历来为人传诵。陶渊明又喜欢喝酒，可是因为家贫，时常缺酒。那年重阳，陶渊明在篱边赏菊，却没有酒喝，不能一醉，多煞风景！他只得采了一把菊花在手里，聊以为遣。古人认为菊花有延年益寿的功效，所以不但用来酿酒，也用来食用。屈原的《离骚》所谓“餐秋菊之落英”，即是一例。然而菊花毕竟不能代酒，陶渊明正在百无聊赖的时候，忽然远处来了一个白衣人，那人原是江州刺史王弘派来的差人，特地送酒来给陶渊明的。陶渊明真是喜出望外，立即打开酒瓮，对着菊花开怀畅饮，尽醉方罢。

人们爱菊、赏菊、赞菊，历代文人墨客咏菊抒怀的名篇佳作传诵人口。如王勃的“九月重阳节，开门见菊花”；孟浩然的“待到重阳日，还来就菊花”；白居易的《重阳席上赋白菊》诗：“满园花菊郁金黄，中有孤丛色似霜。还似今朝歌酒席，白头翁入少年场。”杜甫于风烛残年，赏菊兴致不减，他的《九日》诗说“竹叶于人既无分，菊花从此不须开”，认为他不能欣赏菊花，菊花也从此不用再开了，其中隐含的是诗人对菊花的深情挚爱。

九月是菊花盛开之时，故有“菊月”之称。宋代有的酒店客栈在此期间，用各色菊花扎成一座座花门，让酒客来宾从门下出入，饮完酒离席出门时，还可以摘一枝菊花插在帽檐上。清代有的地方还举办盛大的菊花宴、菊花会。直至今日，每逢重阳节，全国各大城市还举办大型的菊花展和游园娱乐活动，便是这种风俗的继承和发展。

节日诗词

九日齐山登高[1]

［唐］杜　牧

江涵秋影雁初飞[2]，与客携壶上翠微[3]。
尘世难逢开口笑，菊花须插满头归。
但将酩酊酬佳节[4]，不用登临恨落晖。
古往今来只如此，牛山何必独沾衣[5]？

【注释】

① 九日：阴历九月初九为重阳节，也称重九，古人有重九登高饮酒的风俗。齐山：在今安徽省贵池县东。

② 涵：容纳。

③ 翠微：青翠掩映的山腰幽深处。这里即指山。

④ 酩酊：形容大醉。

⑤ 牛山：在山东省临淄南。据《韩诗外传》记载：春秋时齐景公到牛山上游览，向北遥望齐国，他说，多么美好啊，这个国家！倘使从古以来的人能够不死，那么我将离开这里到哪里去呢！说着就非常伤心地流下了眼泪。

【今译】

大雁南飞，秋天把一切都投映在江水中，
我和朋友带着美酒来到翠绿的山上赏秋。
平日里你来我往，难得有开怀大笑的时候，
今日里我们玩得痛快回去时把菊花插满头。
我们只管喝得大醉，来度过这重阳佳节，
用不到登临山上，看到落日感叹岁月不留。
人生在世，自古以来就是有喜就有忧，
何必像齐景公那样在牛山上泪满衣袖。

【鉴赏】

这首诗是唐武宗会昌五年(845)杜牧任池州刺史时的作品。

“江涵秋影雁初飞,与客携壶上翠微。”重阳佳节,诗人和朋友带着酒,登上池州城东南的齐山。江南的山,到了秋天仍然是一片缥青色,这就是所谓翠微。人们登山,仿佛是登在这一片可爱的颜色上。由高处下望江水,空中的一切景色,包括初飞来的大雁的身影,都映在碧波之中,更显得秋天水空的澄肃。

“尘世难逢开口笑,菊花须插满头归。”诗人意识到,尘世间像这样开口一笑,实在难得。在这种心境支配下,他像是劝客,又像是劝自己“但将酩酊酬佳节,不用登临恨落晖”——斟起酒来喝吧,只管用酩酊大醉来酬答这良辰佳节,无须在节日登临时为夕阳西下、为人生迟暮而感慨、怨恨。这中间四句给人一种感觉:诗人似乎想用偶然的开心一笑,用节日的醉酒,来掩盖和消释长期积在内心中的郁闷,但郁闷仍然存在着,尘世终归是难得一笑,落晖毕竟就在眼前。于是,诗人进一步安慰自己:“古往今来只如此,牛山何必独沾衣?”春秋时,齐景公游于牛山,北望国都临淄流泪说:“若何滂滂去此而死乎!”诗人由眼前所登池州的齐山,联想到齐景公的牛山坠泪,认为像“登临恨落晖”所感受到的那种人生无常,是古往今来尽皆如此的。既然并非今世才有此恨,又何必像齐景公那样独自伤感流泪呢?

这次和他同游的人,是诗人张祜,他比杜牧年长,而且诗名卓著。穆宗时令狐楚赏识他的诗才,曾上表推荐,但由于受到元稹的排抑,未能见用。这次张祜从江苏丹阳特地赶来拜望杜牧。杜牧对他的被遗弃是同情的,为之愤愤不平。因此诗中的抑郁,实际上包含了两个人怀才不遇、同病相怜之感。这才是诗人无论怎样力求旷达,而精神始终不佳的深刻原因。

诗词故事

朱熹隐括杜牧诗

杜牧的《九日齐山登高》诗脍炙人口,历来就有很高的评价。宋代朱熹曾写了一首《水调歌头》词,题目就叫《隐括杜牧之齐山诗》。“隐括”，也就是对原作的内容、句子适当剪裁、增删，修改成新的作品，用今天的话说，也就是改写。其词云：“江水浸云影，鸿雁欲南飞。携壶结客，何处空翠渺烟霏。尘世难逢一笑，况有紫萸黄菊，堪插满头归。风景今朝是，身世昔人非。酬佳节，需酩酊，莫相违。人生如寄，何事辛苦怨斜晖。无尽今来古往，多少春花秋月，那更有危机。与问牛山客，何必独沾衣。”

读朱熹《隐括杜牧之齐山诗》，觉得很有意思。杜牧写的是一首七律，但是经朱熹一剪裁，就变成长长短短的词了，语句虽然似曾相识，都是从诗里面来的，但是组织不同，便有别种风味。我们大概能指出，“江水浸云影，鸿雁欲南飞。携壶结客，何处空翠渺烟霏”便是杜牧的“江涵秋影雁初飞，与客携壶上翠微”；“尘世难逢一笑，况有紫萸黄菊，堪插满头归”便是杜牧的“尘世难逢开口笑，菊花须插满头归”等等，词语虽有小异，但是基本相同。相比之下，变化较大的是“人生如寄，何事辛苦怨斜晖”，这“人生如寄”是朱熹增加出来的。“人生如寄”，比喻人生短促，如同暂时寄居在世界上,《古诗十九首》其十三有“人生忽如寄,寿无金石固”句,朱熹把这个典故直接用于词中,不着痕迹。后句再将其意拓开去,历史发展,朝代更迭,万物兴替,都包含着危机,但既然“人生如寄”,那也就无须多虑。

隐括,虽然类似文字游戏,但是对语言剪裁调遣的能力也确实有较高的要求。朱熹既是思想家,也是才学渊博的诗人,隐括对他来说,并非难事。隐括其诗,只是表示朱熹对杜牧诗的欣赏,以及对杜牧人生态度的仰慕。

节日诗词

九日食糕有咏

[宋]宋　祁

飙馆轻霜拂曙袍[1],糗餈花饮斗分曹[2]。
刘郎不敢题糕字[3],虚负诗中一世豪[4]。

【注释】

①飙馆:即商飙馆,也叫“九日台”。唐李延寿《南史·卷四齐本纪上》:“先是,立商飙馆于孙陵岗,世呼为九日台。”据《肇域志》记载:“九日台在孙陵岗,上每九月九日,宴群臣讲武,以应金气之节。”孙陵岗,也叫吴王坟,因东吴的孙权葬在这里而得名,即今南京梅花山。

② 糗餈：糗饵粉餈，糕类也，出《周礼》。分曹：分队。

③“刘郎”句：宋代邵博《邵氏闻见后录》卷一九：“刘梦得作《九日诗》，欲用糕字，以五经中无之，辍不复为。”

④ 虚负：空有。诗豪，白称刘禹锡为“诗豪”。这句说，刘禹锡辜负了诗豪的名称。

【今译】

九日台上早霜侵透了衣袍，
我们饮酒吃糕还分队活动。
想当年刘禹锡不敢用糕字，
辜负了赞誉他的诗豪称号。

【鉴赏】

宋祁的这首诗主要从九日吃糕联想到唐代刘禹锡写重阳诗时不敢用“糕”的事情来写的。

诗从自己重阳登高写起。飚馆，即“九日台”，是重阳登高胜地。据《南齐书》记载，齐武帝萧赜在永明

五年(487)重阳登上孙陵岗,并在此大宴群臣,因此后人称此处为“九日台”。重阳节时,已是深秋,早上寒气逼人,诗人穿着厚厚的袍子,还感觉到寒意。他们在九日台宴饮,还分队展开活动。这时宋祁忽然想到唐代诗人刘禹锡重阳节写诗不敢用“糕”字的事情,不禁觉得可笑。这件事,很多书上都有记载,唐韦绚《刘宾客嘉话录》“诗用僻字须有来处”条说:“为诗用僻字须有来处,宋考功诗云:‘马上逢寒食,春来不见饧。’尝疑此字,因读《毛诗》郑笺说箫处注云:‘即今卖饧人家物。’《六经》唯此注中有‘饧’字。缘明日是重阳,欲押一‘糕’字,寻思《六经》竟未见有‘糕’字,不敢为之。‘常讶杜员外,巨颡折老拳。’疑‘老拳’无据,及览《石勒传》:‘卿既遭孤老拳,孤亦饱卿毒手。’岂虚言哉。后辈业诗,即须有据,不可率而道也。”这里举了刘禹锡用字的好几个例子,说明刘禹锡对诗歌中用生僻字时的谨慎态度。他以“六经”为依据,这似乎有点落伍,因为语言是不断发展的。相比之外,苏轼比他开放得多,举凡诗歌散文、小说笔记,苏轼都拿来用。宋祁还联系白居易称刘禹锡为“诗豪”的事情,说刘禹锡这样谨小慎微，真辜负了“诗豪”的称号。

诗词故事

刘郎不敢题糕字

刘禹锡是唐朝著名诗人。有一年重阳节，刘禹锡和一些朋友头戴茱萸，登高饮酒，联句作诗。看着眼前一盘盘蒸得香喷喷的糕，大家想用“糕”这个字来写诗。“糕，糕，糕……”诗人轻轻地念着，觉得用“糕”字，写的是眼前事，声音也响亮，用到诗句里蛮合适。但又一想：“不对呀，‘糕’字在老百姓的口里倒常常提到，但《诗经》、《尚书》、《易经》、《礼记》和《春秋》这些经书里可没有‘糕’字啊，能用吗？”他反复思量，叹息一声：“唉，既然《六经》里没有‘糕’字，那就算了，我就不用了吧。”

刘禹锡写诗不敢用“糕”字，到了后来却受到别人的嘲笑。据宋代邵博《邵氏闻见后录》卷一九记载：“刘梦得（禹锡）作《九日诗》，欲用糕字，以五经中无之，辍不复为。宋子京（祁）以为不然。故子京《九日食糕有咏》云：‘飙馆轻霜拂曙袍，糗餈花饮斗分曹。刘郎不敢题糕字，虚负诗中一世豪。’遂为古今绝唱。糗饵粉餈，糕类也，出《周礼》。诗豪，白乐天目梦得云。”这意思是说：刘禹锡连个“糕”字也不敢用，白白辜负了他诗中豪杰的声名。邵博认为“糗饵粉餈，糕类也，出《周礼》”，这是说，其实五经中有此“糕”，刘禹锡的胆子太小了。

刘禹锡是唐朝诗人，此事唐朝人不说，放到宋朝来说，其真伪本就难说。而“糗饵粉餈”中并没有“糕”字，“糕类也，出《周礼》”只是邵博对“糗饵粉餈”的解释。再说，诗词用字，一个朝代有一个朝代的风气。宋代严羽《沧浪诗话》中也说过：“学诗先除五俗：一曰俗体，二曰俗意，三曰俗句，四曰俗字，五曰俗韵。”后来更有“无一字无来历”的说法。这个“糕”字，只是在民间使用，要把它用到诗歌中去，确实是需要胆识的。

在这方面，苏轼不愧高手，受到评论家的推崇：“世间故实小说，有可以入诗者，有不可以入诗者，唯东坡全不拣择，入手便用，如街谈巷说，鄙俚之言，一经坡手，似神仙点瓦砾为黄金，自有妙处。”（朱弁《风

月堂诗话》卷上）李端叔尝为余言："东坡云：'街谈市语，皆可入诗，但要人熔化耳。'"（周紫芝《竹坡诗话》）

后来，清代赵翼《九日陶然亭同人小集》："地僻向来无古迹，兹游或可续题糕。"清代钱谦益《重阳次日徐二尔从馈糕蟹》："自笑吾家传嗜蟹，敢言诗句朴题糕。"都把此事写入诗中，"刘郎不敢题糕字"几乎成了重阳诗中的一个典故。

节日诗词

南乡子·重九涵辉楼呈徐君猷[1]

［宋］苏　轼

霜降水痕收，浅碧鳞鳞露远洲。
酒力渐消风力软，飕飕，破帽多情却恋头[2]。

佳节若为酬[3]？但把清樽断送秋[4]。
万事到头都是梦[5]，休休，明日黄花蝶也愁[6]。

【注释】

①涵辉楼：在黄冈县西南。宋韩琦《涵辉楼》诗：“临江三四楼，次第压城首。山光遍轩楹，波影撼窗

牖。”为当地名胜。苏轼《醉蓬莱》序云:“余谪居黄州,三见重九,每岁与太守徐君猷会于栖霞楼。”徐君猷:名大受,当时任黄州知州。元丰五年(1082)九月在黄州作。

② “破帽”句:《晋书·孟嘉传》载孟嘉于九月九日登龙山时帽子为风吹落而不觉,后成重阳登高典故。但东坡谓不落帽,反用其事。

③ “佳节”句:杜牧《九日齐山登高》:“但将酩酊酬佳节。”若为酬:怎样应付过去。

④ 樽:酒杯。

⑤ “万事”句:潘阆《樽前勉兄长》:“万事到头都是梦,休嗟百计不如人。”

⑥ 黄花:即菊花。明日菊花,色香俱减,所以蝶见也愁。唐郑谷《十日菊》词:“节去蜂愁蝶不知,晓庭还绕折空枝。”苏轼《九日次韵王巩》:“相逢不用忙归去,明日黄花蝶也愁。”

【今译】

寒霜降临,水位下降露沙洲。

浅绿色的江水泛起粼粼波纹。
酒的力气在减弱,风力微弱,
嗖嗖风吹来,帽子却没有掉。

怎样过佳节?用喝酒来打发。
什么事情到头来都是一场梦。
算了吧,还是抓紧现在喝酒,
明天黄花,蝴蝶见了也发愁。

【鉴赏】

此词于元丰五年(1082)重九作于黄州。词中抒发了作者以顺处逆、旷达乐观而又略带惆怅、哀愁的矛盾心境。

开篇两句写楼中远眺情景,时届深秋,水位下降,登楼远眺,见到泛着粼粼波光的碧水,江中沙洲也因水浅而显露出来,勾勒出天高气清、明丽雄阔的秋景。下面接写酒后感受,“风力软”引出破帽恋头,反用孟嘉之典,说破帽对他的头很有感情,不管风怎样吹,抵死不肯离开。戏谑中带点自嘲,诙谐中隐现几分牢骚,表达自己渴望超脱而又无法真正超脱的无可奈何。陈廷焯《词则·放歌集》卷一评云:“翻用落帽事,极疏狂之趣。”

下阕就涵辉楼上宴席,抒发感慨。“佳节”两句,化用杜牧《重九齐山登高》诗“但将酩酊酬佳节,不用登临怨落晖”句意。“万事到头都是梦”是化用宋初潘阆“万事到头都是梦,休嗟百计不如人”句意。“明日黄花蝶也愁”反用唐代郑谷咏《十日菊》中“节去蜂愁蝶不知,晓庭还绕折空枝”句意,意谓明日之菊,色香均会大减,已非今日之菊,连迷恋菊花的蝴蝶,也会为之叹惋伤悲。此句以蝶愁喻良辰易逝,好花难久,正因为如此,今日对此盛开之菊,更应开怀畅饮,尽情赏玩。

“万事到头都是梦,休休”,这与苏轼别的词中所发出的“人间如梦”、“世事一场大梦”、“未转头时皆梦”、“古今如梦,何曾梦觉”、“君臣一梦,古今虚名”等慨叹异曲同工,表现了苏轼后半生的生活态度。在他看来,世间万事,皆是梦境,转眼成空;荣辱得失、富贵贫贱,都是过眼云烟;世事的纷纷扰扰,不必耿耿于怀。如果命运不允许自己有为，就饮酒作乐，终老余生；如有机会一展抱负，就努力为之。这种进取与退隐、积极与消极的双重矛盾心理，在词中得到了集中体现。

诗词故事

明日黄花蝶也愁

明日黄花，现在已经作为成语。古人在重阳节观赏菊花，重阳过后菊花逐渐萎谢，因以“明日黄花”来比喻过时的事物。出处是苏轼的诗词。苏轼大概觉得这个词语蛮有意思，就用了两次，一次是在《九日次韵王巩》诗中说“相逢不用忙归去，明日黄花蝶也愁”，一次是在《南乡子·重九涵辉楼呈徐君猷》词中说“万事到头都是梦，休休，明日黄花蝶也愁”。这种现象还是比较少的。这两处都是用在咏重阳节的作品里，可见这是和重阳节相关的。如果重阳节是“今日”，那么“明日”就是重阳节过后了。

苏轼用在两处的这句诗，来源于唐末诗人郑谷的

《十日菊》绝句:“节去蜂愁蝶不知,晓庭还绕折空枝,自缘今日人心别,未必秋香一夜衰。”“九日”是重阳,“十日”就是重阳节后面一天。郑谷《十日菊》说“今日”,因此苏轼在诗词中说是“明日”。

“明日黄花”后来成为典故,经常出现在诗词中,如宋代韩玉《满江红》说:“纵黄花、明日未凋零,非佳赏。”黄叔达《南乡子》说:“明日余尊还共倒,重来。未必秋香一夜衰。”这是说,黄花不会一夜就衰败的,他明天还要来喝酒赏菊。杨无咎似乎要和他唱反调似的,他在《倒垂柳》说:“黄花明日,纵好无情味。”元曲作家张可久《折桂令》也用了苏轼的这句诗:“对青山强整乌纱。归雁横秋,倦客思家。翠袖殷勤,金杯错落,玉手琵琶。人老去西风白发,蝶愁来明日黄花。回首天涯,一抹斜阳,数点寒鸦。”仲璋《念奴娇》“明日西风,阑珊酒尽,憔悴花枝瘦”,其实也是用了这个典故。

节日诗词

南乡子

［宋］黄庭坚

重阳日，宜州城楼宴集，即席作。

诸将说封侯[①]，短笛长歌独倚楼。
万事尽随风雨去，休休[②]，戏马台南金络头[③]。

催酒莫迟留，酒味今秋似去秋。
花向老人头上笑，羞羞，白发簪花不解愁[④]。

【注释】

①封侯：《后汉书·班超传》班超投笔叹曰：大丈

夫当“立功异域，以取封侯，安能久事笔砚间乎！”

② 休休：算了算了。

③ 戏马台：在彭城（今江苏省徐州市）城南，相传项羽在这里戏马。晋安帝义熙十二年（416），刘裕北征，九月九日会僚属于此。金络头：马笼头的美称。

④ 簪花：插花。

【今译】

诸将兴高采烈谈论着封侯，
我和着短笛高歌独自登楼。
所有的事情都随风雨而去，
还有什么可说的，纵然是
宋武帝戏马台当年宴重九。

大家还是少去议论多喝酒，
虽说是酒味今秋还似去秋。
但是老人头上的花在嘲笑，
还知不知道害羞，你看那
白发上插黄花还不懂忧愁。

【鉴赏】

这首词是黄庭坚于徽宗崇宁四年(1105)在宜州写的,也是作者的一首绝笔词。明代陈霆《渚山堂词话》:“崇宁间,山谷贬宜州。乙酉岁九日登城楼眺望,听边人相语云:‘今岁当鏖战取封侯。’因作《南乡子》云:……词成,倚栏高歌,若不能堪。是月三十日,遂不起。”词中对自己一生经历的风雨坎坷,表达了无限深沉的感慨,对功名富贵予以鄙弃,抒发了纵酒豪放、笑傲人世的旷达之情。

词的开头两句就描绘了一组对立的形象:诸将侃侃而谈,议论立功封侯,而自己却悄然独立,和着笛声,倚楼长歌。对比何等鲜明,人老了,什么封侯显贵,都只是梦幻一场,所以他只是冷眼旁观。这一组对比用反差强烈的色调进行描绘,互为反衬,突出了词人耿介孤高的形象。“万事尽随风雨去,休休,戏马台南金络头。”一切的是非得失、升沉荣辱,都淹没在时光流逝的波涛中。“休休”,算了吧,还有什么可说呢!即使是像宋武帝刘裕彭城戏马台欢宴重阳的盛会,也成为历史的陈迹而一去不复返了。作者受佛老思想的浸润,人生观中有着消极虚无的一面,随着政治上的连遭打击,这种思想时有流露。这里表现的就是这种思想感情,但更为含蓄委婉。

下阕遂转而为开朗达观。词人举杯劝酒:“催酒莫迟留,酒味今秋似去秋。”不要去谈论了,还是开怀痛饮,莫辜负这大好秋光和杯中酒。古人咏重九,常由美酒而兼及黄花,作者沿用此法,却又翻出新意。他运用拟人手法,借花自嘲。词人老兴勃发,插花于头,而花却笑他偌大年纪还要簪花自娱。其造语则是脱胎于苏轼的两句诗:“人老簪花不自羞,花应羞上老人头。”(《吉祥寺赏牡丹》)词人热爱生活的不服老精神跃然纸上,他并不因处境的拂逆和年事的增高而消沉,相反觉得秋光和美酒都与去年相同,表现出开朗豁达的胸襟。

这首词“以诗为词”的创作方法,从遣词造句到意境格调都体现出诗的特点。这首词不借助景物渲染,而直抒胸臆,风格豪放中有峭健。

诗词故事

九日戏马台登高

徐州戏马台，亦称掠马台。据说是公元前 206 年项羽所建。项羽灭秦后，自立为西楚霸王，定都彭城，于城南山上，构筑崇台，以观戏马，故名戏马台。宋武帝刘裕北征，九月九日会僚属于戏马台，赋诗为乐。当时，著名诗人谢瞻和谢灵运各赋《九日从宋公戏马台集送孔令》一首。黄庭坚《定风波》“戏马台南追两谢”，这“两谢”也就是指谢瞻和谢灵运戏马台赋诗的事情。不过黄庭坚觉得，无论是作为还是才华，自己都不输给古人。

刘裕登临戏马台后，戏马台也就成了重阳登高宴集的胜地，成了重阳节诗词中的著名典故。如李白《宣州九日闻崔四侍御与宇文太守游敬亭》：“遥羡重阳作，应过戏马台。”宋朝诗人黄庭坚《南乡子》“戏马台南金络头”、潘希白《大有·九日》“戏马台前，采花篱下，问岁华、还是重九”、吴文英《霜叶飞·重九》“凄凉谁吊荒台古”（此“荒台”亦即戏马台）、刘子翚《蓦山溪·寄宝学》“平台戏马，无处问英雄”、元代王冕《漫兴》“雨阻龙山会，云荒戏马台”等，都是用此典故。

康与之《望江南·重九遇雨》“戏马台前泥拍肚”也是用此典故。据清代徐釚《词苑丛谈》云：“建炎中，康伯可上中兴十策，名震一时。后专应制为歌词。重九遇雨，奉敕口占《望江南》：‘重阳日，阴雨四郊垂。戏马台前泥拍肚，龙山会上水平脐。直浸到东篱。茱萸胖，菊蕊湿滋滋。落帽孟嘉寻箬笠，休官陶令觅蓑衣。两个一身泥。’上大笑。”这是一首有名的谐谑词。词中充满了滑稽调侃的情趣，收到了“俗不伤雅，谑不为虐”的艺术效果。

节日诗词

醉花阴[①]

［宋］李清照[②]

薄雾浓云愁永昼[③]，瑞脑消金兽[④]。
佳节又重阳[⑤]，玉枕纱厨[⑥]，半夜凉初透。

东篱把酒黄昏后[⑦]，有暗香盈袖[⑧]。
莫道不消魂[⑨]，帘卷西风[⑩]，人比黄花瘦[⑪]。

【注释】

① 醉花阴：词牌名。

② 李清照（1084—约1155）：号易安居士，山东历

城(济南市)人,以词著称,有较高的艺术造诣,有《李清照集》、《漱玉词》。

③ 永昼:长长的白天。

④ 瑞脑:即龙脑,一种香料。消:尽。金兽:兽形铜香炉。

⑤ 重阳:重阳节,阴历九月初九。

⑥ 玉枕:瓷制的凉枕。纱厨:纱帐。

⑦ 东篱:菊花园。陶渊明《饮酒》(其五):"采菊东篱下,悠然见南山。"

⑧ 暗香:此处指菊花的幽香。盈袖:《古诗十九首》"馨香盈怀袖,路远莫致之"。

⑨ 消魂:即销魂,好像魂离开了躯体。这里形容因离别而引起的愁情。

⑩ 帘卷西风:即"西风卷帘"的倒装句。

⑪ 黄花:菊花。

【今译】

薄薄的雾气,浓浓的乌云,

这阴沉的天气使人整日愁闷。

兽形铜香炉里，瑞脑已经燃尽。
转瞬间又到了重阳佳节，
枕着瓷枕，独自睡在纱帐里，
辗转难眠，半夜凉气更袭人。

黄昏后，我在菊花园饮酒，
菊花的阵阵幽香灌满衣袖。
可别说忧愁不损伤精神，
当西风吹动窗前的帘子，
孤单的人哟，比菊花还要消瘦。

【鉴赏】

这是李清照前期的作品。此词表面上是写深秋佳节孤独寂寞的心绪，实则写的是重阳节思念丈夫的心情。上阕写秋凉情景，是“薄雾浓云”，这种阴郁的天气郁闷难耐，半夜的清冷孤单，独坐在室内百无聊赖地看着香炉里瑞脑香袅袅的青烟，消磨着无尽的寂寞哀愁。寥寥数语就把一个闺中少妇心事重重的愁态勾画了出来。在“瑞脑消金兽”的孤独感之后，紧接着是“佳节又重阳”，一个“又”字，说明自从丈夫出门，她已经是第二次独自一个人过这样令人“倍思亲”的节日了，这怎能不使她格外感到思亲之痛呢！古人对重阳节非常注重，是亲人团聚、相携喝酒、登高之日。“玉枕纱厨，半夜凉初透”，由于思念丈夫从而夜不能寐，辗转反侧，虽然时过夜半，还一直没有睡着呢！“半夜凉初透”不仅仅是时令转凉而带来的感受，而是更有一番滋味在心头啊。下阕更进一步抒怀，“东篱把酒”，其中化用了陶渊明“采菊东篱下”的诗句，是说在有菊花的地方独酌独饮。显然，这是在借酒浇愁。“暗香盈袖”化用《古诗十九首》“馨香盈怀袖，路远莫致之”句意，暗指她无法排遣对丈夫的思念。她想与丈夫一起分享这醉人的清香，但怎么能送得到呢？这怎能不勾起多愁善感的词人对丈夫更深切的怀念呢？后三句，写西风乍起，卷帘而入，使人愁思更深，以黄花来比喻人因相思而憔悴，衬托出“莫道不消魂”的深意。而一个“瘦”字，在整篇中起了画龙点睛的作用，把“愁”字推向了最高峰，给读者带来了强烈的震撼力。因此尽管思念之词未著一个，但人物的内心隐秘却披露无遗，艺术效果非常明显的。

诗词故事

李清照"三句绝佳"

李清照和丈夫赵明诚感情非常深厚，两人情趣相投、恩爱有加。赵明诚酷爱金石，在攻读经史之余，刻意研究金石学。李清照在晚年撰写《〈金石录〉后序》时回想到他们的生活，说到他们的生活趣事："余性偶强记，每饭罢，坐归来堂烹茶，指堆积书史，言某事在某书某卷第几叶第几行，以中否角胜负，为饮茶先后。中，即举杯大笑，至茶倾覆怀中，反不得饮而起。"从中不难看到夫妇二人的情趣和才学。

正因为如此，他们格外珍惜他们的情感生活。赵明诚有时外出，即使是短暂的别离，也会让李清照感到痛苦。她创作了许多脍炙人口的离别词，也留下了一些趣闻轶事。元朝伊世珍在《瑯嬛记》中搜集了这样两则故事。

一是"易安结缡未久，明诚即负笈远游，易安殊不忍别，觅锦帕书《一剪梅》词以送之”。说的是，一年秋天，落木萧萧，赵明诚要外出求学，李清照在一方锦帕上写下一阕《一剪梅》词，为他送别。这首词写道：“红藕香残玉簟秋。轻解罗裳，独上兰舟。云中谁寄锦书来，雁字回时，月满西楼。花自飘零水自流。一种相思，两处闲愁。此情无计可消除，才下眉头，却上心头。”在这首词中，表现了李清照善于描写人物的神情和心理状态，同时又善于用浅近清新的语言表达真挚感情的艺术功底。

二是“易安以重阳《醉花阴》词函致赵明诚。明诚赏叹，自愧勿逮，务欲胜之。一切谢客，忘食忘寝者三日夜，得五十阕，杂易安作以示友人陆德夫。德夫玩之再三，曰：‘只三句绝佳。’明诚诘之，答曰：‘莫道不消魂，帘卷西风，人比黄花瘦。’正易安作也”。

这是赵明诚在外地时，李清照寄给他的一首重阳《醉花阴》词。彻骨的爱恋，痴痴的思念，借秋风黄花表现得淋漓尽致。赵明诚收到这首词后，先为此情所感，后更为词的艺术力所激，发誓要写一首超过妻子的词。于是闭门谢客，忘食忘寝，冥思苦想了三昼夜，填了五十首词，把李清照的这首词也夹杂其中。然后请友人陆德夫品评。陆德夫反复吟咏比较，说道：这些词中只有三句是绝妙佳句。赵明诚问他是哪三句，答道："莫道不消魂，帘卷西风，人比黄花瘦。"而这三句恰恰是李清照函寄词中语。这个故事流传极广，可想他们夫妻二人是怎样在相互爱慕中享受着琴瑟相和的甜蜜。

节日诗词

踏 莎 行

[宋]辛弃疾

庚戌中秋后二夕，带湖篆冈小酌[①]。

夜月楼台，秋香院宇，笑吟吟地人来去。
是谁秋到便凄凉？当年宋玉悲如许[②]。

随分杯盘[③]，等闲歌舞[④]，问他有甚堪悲处？
思量却也有悲时，重阳节近多风雨[⑤]。

【注释】

① 庚戌：即宋绍熙元年(1190)。中秋后二夕：中

秋节后的第二个晚上。篆冈：地名，当在带湖之侧。小酌：小饮，便宴。作于闲居带湖期间。

② 宋玉：战国时楚国的著名诗人，屈原的学生。他的代表作之一《九辩》以悲秋而著称，其中有句云："悲哉秋之为气也，萧瑟兮草木摇落而变衰。"如许：如此。

③ 随分：随意，唐宋人习用语。

④ 等闲：轻易平常。

⑤ "重阳"句：这句用宋人潘大临"满城风雨近重阳"诗句。

【今译】

月照楼台，香飘庭院，人们嬉笑着来来去去。
是谁一到秋天就觉得凄凉，只有当年宋玉。

随意喝酒，看看歌舞，问他还有什么悲苦？
细思沉吟，也有悲意。重阳临近，天多风雨。

【鉴赏】

词作于绍熙元年庚戌(1190)八月十七日夜。篆冈,是辛弃疾在上饶的带湖别墅中的一个地名。词就是在这次吟赏秋月的便宴上即兴写成的。

上阕写带湖秋夜的幽美景色。“夜月楼台,秋香院宇”二句对起,以工整清丽的句式描绘出迷人的夜景:在清凉幽静的篆冈,秋月映照着树木阴蔽的楼台,秋花在庭院里散发着扑鼻的幽香。第三句“笑吟吟地人来去”,转写景中之人,浑然一体。秋景如此,令词人和他的宾客们赏心悦目。他不禁要想,为什么自古以来总有些人,一到秋天就悲悲戚戚呢?上阕末二句“是谁秋到便凄凉?当年宋玉悲如许”,用设问的方式否定了一般文人见秋即悲的孱弱之情。应该说,当年宋玉之悲秋,是有一定缘由的,辛弃疾这里不过是聊将宋玉代指历来悲秋的文人,以助自己抒情的笔势,这是对古事的活用。由这两句的语意看来,悲秋似是完全没有必要的,只有敞开胸怀,纵情吟赏秋色才是通达的!其实,作者的本意并不在此!读了词的下阕,我们才知辛弃疾最终是要肯定悲秋之有理。只不过，他之所谓悲“秋”，已不同于传统文人的纯粹感叹时序之变迁与个人身世之没落，而暗含了政治寄托的深意。

换头三句“随分杯盘，等闲歌舞，问他有甚堪悲处”，仍故意延伸上片否定悲秋的意脉，把秋天写得更使人留恋。你看：秋夜不但有优美的自然景色，而且还有赏心悦目的好事，可以随意小酌，可以随便地欣赏歌舞，还有什么值得悲伤的事呢？末二句突然作了一个笔力千钧的反跌：“思量却也有悲时，重阳节近多风雨。”这一反跌，跌出了本词悲秋的主题思想，把上面大部分篇幅所极力渲染的“不必悲”、“有甚悲”等意思全盘推翻了。到此人们方知，辛弃疾也是在暗中悲秋的。他悲秋的理由是，重阳节快来了，那凄冷的风风雨雨将会破坏人们的幸福和安宁。“重阳节近多风雨”一句，化用北宋诗人潘大临咏重阳的名句“满城风雨近重阳”。辛弃疾之所谓“风雨”，一语双关，既指自然气候，也暗喻政治形势之险恶。

辛弃疾作此词时，国势极弱，国运日衰，而北兵向来习惯于在秋高马肥时对南朝用兵，其《水调歌头》（落日塞尘起)一阕就有“胡骑猎清秋”的警句。此词实际上表达了作者对当时政局的忧虑之情。

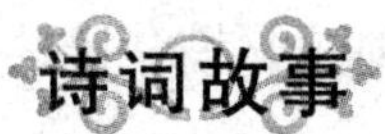

诗词故事

满城风雨近重阳

“满城风雨近重阳”是写重阳节的诗歌名句，许多重阳诗词中也常常引用这首诗，如宋代诗人仇远《虞美人》:“满城风雨消凝处，谁是潘郎句。”李处全《浣溪沙》:“宋玉应当久断肠。满城风雨近重阳。”刘辰翁《贺新郎》:“我误留公住。看人间、犹是重阳，满城风雨。”宋吴文英《玉蝴蝶》:“两凝望。满城风雨，催送重阳。”不过，这句名气蛮响的诗却只有这么一句，这是怎么回事呢?

这句诗的作者是北宋时的诗人潘大临。他家住黄州，苏轼被贬到黄州时，经常和潘大临一起吟诗填词，彼此结下深厚的友情。不过他家境贫寒，常靠借租米来维持生活。重阳节来临之前，潘大临躺在床上，听到外面风雨吹打树林的声音，觉得诗兴来了，于是爬起来提笔写诗，哪知他才写了一句“满城风雨近重阳”，忽然催租的人来了。潘大临的诗兴一下子就被搅得无影无踪了。第二天，他正好接到老朋友谢无逸的来信，问他近来写诗的情况。潘大临回信中叙述了昨天发生的事情，并把这句诗寄给了他。谢无逸收到信后，既是感谢，又是遗憾。不久，苏轼听说了这件事，感慨地说：“正因为潘大临的诗兴被破坏了，这一句才更显得珍贵。你想，重阳节前风雨萧萧，可以引起人们多少感慨啊！”

后来潘大临病故，临终前还托谢无逸把这句诗写成篇。

又是一年临近重阳的时候，风雨大作，谢无逸想起潘大临的这句诗，就用这句诗开头，写了四首绝句。其中三首是这样的：

满城风雨近重阳，无奈黄花恼意香。
雪浪翻天迷赤壁，令人西望忆潘郎。

满城风雨近重阳，不见修文地下郎。
想得武昌门外柳，垂垂老叶半青黄。

满城风雨近重阳，安得斯人共一觞。

欲问小冯今健否，云中孤雁不成行。

谢无逸的诗中还写到“病思王子同倾酒，愁忆潘郎共赋诗”，表达了他对潘大临的同情与怀念。

节日诗词

水调歌头·燕山九日作

［宋］范成大

万里汉家使[1]，双节照清秋[2]。
旧京行遍[3]，中夜呼禹济黄流[4]。
寥落桑榆西北[5]，无限太行紫翠[6]，相伴过卢沟[7]，
岁晚客多病，风露冷貂裘[8]。

对重九，须烂醉，莫牵愁。
黄花为我，一笑不管鬓霜羞。
袖里天书咫尺[9]，眼底关河百二[10]，歌罢此生浮。
唯有平安信，随雁到南州[11]。

【注释】

①“万里”句：作者《丁酉重九诗序》说：“余于南北西三方，皆走万里，皆遇重九，每作《水调》一阕，燕山首句‘万里汉家使’；桂林云‘万里汉都护’；成都云‘万里桥边客’……”

② 双节：节，符节。唐制，节度使离京，兵部授双旌双节。此处指使节的信物。

③ 旧京：指北宋旧都汴梁，此时已被金国占领。

④ 呼禹：传说大禹曾治理过黄河，故云呼禹而渡。黄流：黄河。

⑤ 桑榆：指桑干河及榆关（山海关）。

⑥ 太行：太行山，燕山即太行余脉。

⑦ 卢沟：即桑干河，今永定河。金大定时建有桥，名卢沟桥。

⑧ 貂裘：用貂的毛皮制作的衣服。用于北方寒冷地方。

⑨ 天书：指致金国国书。

⑩ 关河百二：《史记·高祖本纪》“秦，形胜之国，带河山之险，悬隔千里，持戟百万，秦得百二焉。”意思

是秦地山河险要，秦兵据守关中，二万人可当诸侯百万之兵。这里借指北地关山险要。

⑪ 南州：指南宋都城临安。

【今译】

我作为南宋使节奉命出使金国，在重阳佳节，我踏上万里征途。

路过已被金国占领的旧都汴京，我呼喊大禹名字半夜渡过黄河。

桑干河和山海关一带秋风寥落，太行山秋色绚烂，风光无限美。

一路秋色相伴，我走过卢沟桥。近年来，经常外出，旅途多病，穿着貂皮大衣也难抵秋风寒露。

今天是重阳节，应当尽情喝酒，不要再让忧愁时时缠绕在心头。

黄花插上白发，没有什么害羞。

给金国的图书就近藏在衣袖里，眼前是当年的坚固雄伟的山河，对此不禁高歌，这一生好蒙羞。

现在只希望能写一封平安家信，随着南飞的大雁寄到南宋都城。

【鉴赏】

乾道六年(1170)，宋孝宗决定废除使臣向金国皇帝跪拜受书这一耻辱性的礼仪，大臣均畏惧不敢奉命，范成大于是挺身而出，抱着必死的决心出使金国。他在金国几乎被害，但终于不辱使命，赢得双方朝野的一致称赞。

《水调歌头·燕山九日作》作于出使金国的途中。

上阕写出使途中所见及自己的感慨。首二句交代时间和自己肩负的使命。“万里汉家使，双节照清秋”表达了他的气节和决心。以下写沿途所见：“旧京行遍”，疮痍满目，可见此句颇含《黍离》之悲。“中夜呼禹济黄流”，表达对神州陆沉的无限沉痛之感，而萧索冷落的北方大地及太行的无限风光更让词人痛心疾首。又兼自己旅途多病，尽管身着貂裘，也倍感岁晚风露之寒。

下阕继续抒发感慨，并强调自己肩负使命的重大。"对重九"三句，说是要"莫牵愁"，其实正说明词人满怀愁绪，只是要借重九饮酒一醉，暂时解脱一下。"黄花"二句，亦自慰之语，尽管两鬓飞霜，但是对着黄菊一笑，不管老之将至。"袖里"二句是一篇词的篇眼所在。看到眼前沦陷区雄伟的关山，更想到自己使命的艰巨。袖中的国书，近在咫尺。它藏在袖子里，更藏在作者的心上，他时时刻刻感受到它的分量。然而此行吉凶未卜，成败难料，所以歇拍二句才说："唯有平安信，随雁到南州。"

这首词用语清新俊秀，格调豪放激楚，实在是难得的佳作。

诗词故事

范成大重阳出使

乾道六年(1170)经右相虞允文的推荐，南宋朝廷派范成大和李焘为使节出使金国。

范成大出使金国的相关背景是：绍兴三十二年(1162)，在金兵的压力下，宋高宗退位称太上皇，养子赵昚(宋太祖七世孙)即位,这就是对金主战的宋孝宗。上台后第一年,即隆兴元年(1163)宋孝宗仓促进行北伐,结果战败。在议和中,南宋朝廷被迫接受割让收复的城池等条件外,提出的交换的条件只是南宋不再向金称臣,改称侄皇帝以及原来的“岁贡”改称“岁币”等,每年减少十万,仍交二十万,这就是耻辱的“隆兴和议”。想雪前耻反又战败,宋孝宗受不了这一耻辱,在和议正式签订的当年(1165),宣布改元乾道。其后,宋孝宗不甘于就此妥协,起用虞允文等主战派参预军务。虞允文向宋高宗建议,派遣使臣到金朝,以索取徽、钦陵寝地为名,要金朝归还洛阳、巩县地,同时,要求改订受书礼。当时,宋、金使臣往来受书,仍沿用君臣礼。正是在这种大背景下,乾道六年(1170)五月,宋孝宗派范成大出使金朝。

关于这次外交使命,《宋史·范成大传》记写了“迁成大起居郎,假资政殿大学士,充金祈请国信使”。即北宋朝廷授予了范成大相应的外交身份。接着,又记下了这一外交争锋的经过:“初进国书,词气慷慨,金君臣方倾听,成大忽奏曰:‘两朝既为叔侄,而受书礼未称，臣有疏。’”这里记载范成大在初进国书时，词气慷慨，金国君臣正在倾听的时候，范成大忽然提出改订受书礼的要求。并表示，按隆兴和议，南宋不再向金称臣，两国只是叔侄而非君臣关系。因此，宋、金两国使臣往来受书，不能再行君臣之礼。这种受书礼节的不明确，是他的疏忽。说着，他把臣子觐见国君才用的笏板插在身上，并拿出了国书，想以叔侄辈分的礼节来递交国书。面对范成大在外交礼仪上的突然袭击，金主大骇，曰：“此岂献书处耶?”意思说，这哪里是献国书的地方呀？而金主身边的大臣们，一个个都想强迫范成大拿出他插在身上的笏板，让他对金主行君臣礼。但“成大屹不动”，“既而归馆所，金主遣伴使宣旨取奏”。其后，当范成大回到下榻的驿馆时，金主派他身畔的使节来，要对范成大宣旨并取他的奏折。这意思是在金、宋之间仍按君臣礼节，从而把宋室当成金的臣子。在这关系宋王朝尊严及自己外交使命的场合下，“成大之未起也”——范成大理也不理，身子都没动一下。对待金主使节的这一轻慢态度，立刻激起了金朝廷群臣的愤怒，“金庭纷然，太子欲杀成大,越王止之,竟得全节而归”。

作为一个诗人,也作为当时的主战派人物,范成大出使金国时写下的七十二首《七绝》,集中表现了他的爱国思想。北宋皇城汴京御街前的州桥,范成大出使金国途经过时,目睹百姓在异族统治下的悲惨生活,写下了千古绝唱《州桥》:“州桥南北是天街,父老年年等驾回。忍泪失声询使者,几时真有六军来?”

于长安还扬州九月九日行薇山亭赋韵[①]

［隋］江　总[②]

心逐南云逝[③]，形随北雁来[④]。

故乡篱下菊，今日几花开[⑤]？

【注释】

① 本诗为江总晚年从长安回到扬州途中所作。

② 江总(519—594)：字总持，济阳考城(今河南省兰考县东)人。

③ 南云：南去的云。表明自己的心情已随云飞向故乡了。

④ 北雁：北来的雁。这两句诗人以流云南逝、大雁来归写出了自己南归的行踪和急切的心情。

⑤ 几花开：这是诗人在揣测故园篱菊开花的情

形，深切表达了对家乡的思念。

九日(其一)

[唐]杜　甫[①]

重阳独酌杯中酒[②]，抱病起登江上台。
竹叶于人既无分[③]，菊花从此不须开。
殊方日落玄猿哭[④]，旧国霜前白雁来[⑤]。
弟妹萧条各何在，干戈衰谢两相催[⑥]！

【注释】

① 杜甫(712—770)：字子美，祖籍河南巩县。祖父杜审言是唐初著名诗人。

② 酌：斟酒，倒酒。此诗是大历二年(767)重九日杜甫在夔州登高之作。

③ 竹叶：指竹叶酒，是以黄酒加竹叶合酿而成的配制酒。无分：没有机缘。此时诗人病重戒酒。

④ 殊方：即异乡，这里指夔州。玄猿：黑色的猿，应为长臂猿。哭：指猿的啼声如哭。

⑤ 旧国：故国、故乡。白雁：指雪雁。

⑥ 干戈：指战乱，当时有吐蕃相侵。衰谢：衰老。催：催人老。

九日寄秦觏[①]

［宋］陈师道[②]

疾风回雨水明霞[③]，沙步丛祠欲暮鸦[④]。
九日清尊欺白发[⑤]，十年为客负黄花[⑥]。
登高怀远心如在[⑦]，向老逢辰意有加[⑧]。
淮海少年天下士[⑨]，可能无地落乌纱[⑩]。

【注释】

① 九日：农历九月初九，即重阳节。秦觏(gòu)：秦观之弟，字少章。

② 陈师道(1053—1102)：字无己，又字履常，年轻未仕时即号后山居士，彭城(今江苏徐州)人。陈师道诗学杜甫、黄庭坚，是江西诗派地位仅次于黄庭坚的重要诗人，被方回列为江西派“三宗”之一。

③ 疾风回雨：急风将雨吹散。明霞：（水面）闪耀着霞光。

④ 沙步：水边可以系船，供人上下的地方。丛祠：位于草木丛中的神祠。欲暮：将暮。

⑤ 清尊：指美酒。尊：酒器。欺白发：指年老酒量差。

⑥ 负：辜负。

⑦ 心如在：此心如在远处（即秦觏所在之处）。

⑧ 向老：走向老境。逢辰：遇到节日。

⑨ 淮海少年：即秦觏，他是高邮人。那里位于淮河与东海之间，故云。天下士：全国知名的人物。

⑩ 乌纱：帽的代称。

南 歌 子[①]

［宋］吕本中[②]

驿路侵斜月[③]，溪桥度晓霜[④]。短篱残菊一枝黄。正是乱山深处过重阳。

旅枕元无梦[⑤]，寒更每自长[⑥]。只言江左好风光[⑦]，不道中原归思转凄凉[⑧]。

【注释】

① 南歌子：词牌名。唐教坊曲名，用作词调。又名《春宵曲》、《水晶帘》、《碧窗梦》等。

② 吕本中（1084—1145）：字居仁，号紫微，寿州（今安徽寿县）人。南宋初，曾任中书舍人。

③ 驿路：旅途。侵：接近。斜月：指即将天明。

④ 度：过。

⑤ 元：本来，原先。

⑥ 寒更：寒夜。

⑦ 江左：江南。

⑧ 不道：没料到。归：返回或回家。思：心思或思绪。

［双调］沉醉东风·重九①

［元］卢　挚②

题红叶清流御沟③，赏黄花人醉歌楼④。天长雁影稀，月落山容瘦。冷清清暮秋时候，衰柳寒蝉一片愁，谁肯教白衣送酒⑤？

【注释】

① 沉醉东风：曲牌名。重九：即农历九月初九重阳节。

② 卢挚(约 1242—1314)：字处道，一字莘老，号疏斋，又号嵩翁，先祖涿郡(今河北涿县)人，后世居河南。

③ 红叶：化用唐代红叶题诗配佳偶的传说。传说大意是某宫女题诗在红叶上，投入御沟流出宫外，被某士子拾得，后巧结良缘。

④ 黄花：菊花。

⑤ 白衣送酒：指江州刺史王弘派白衣仆人在重阳节给在篱边赏菊的陶渊明送酒事。白衣：古代官府衙役小吏着白衣。

酬王处士九日见怀之作[①]

[清] 顾炎武[②]

是日惊秋老[③]，相望各一涯[④]。

离杯销浊酒[⑤]，愁眼见黄花[⑥]。

天地存肝胆[7]，江山阅鬓华[8]。

多蒙千里讯[9]，逐客已无家[10]。

【注释】

① 酬：以诗文相赠答。王处士：王炜暨。处士，旧时指有才德而不出来做官的人。九日：指阴历九月九日，即重阳节。

② 顾炎武(1613—1682)：明末清初著名的思想家、学者。初名绛，字宁人，江苏昆山人，经两个朝代均没做官。他学问广博，学者称为亭林先生。早年参加过“复社”反宦官权贵的斗争，清兵南下时，又参加昆山、嘉定一带人民抗清起义，失败后曾游历山东、河北、山西诸省关塞，考察山川形势，以为恢复故国的准备，晚年定居华阳，卒于曲沃。

③ 秋老：指暮秋时节。

④ 相望：互相怀念。一涯：一个角落。这句说：两人各在一方，彼此殷切想念。

⑤ 离杯：这里以“离杯”暗喻“离人”。浊酒：新酿的酒。

⑥ 愁眼：忧愁的眼光。黄花：菊花。

⑦ 肝胆：指肝胆相照的人。

⑧ 阅：经历。鬓华：鬓发花白。华：同“花”。这句说：经历江山(指国家)的兴衰变化，不觉两鬓已经花白。

⑨ 讯：问讯。

⑩ 逐客：这里指作者已流落在外，就像被放逐一样。

除 夕

大年三十，也称“除夕”、“岁除”、“除夜”，是农历全年最后一个晚上。“除夕”便含有旧岁换新岁的意思，因此也叫“岁除”。《梦粱录》卷六：“十二月尽，俗云‘月穷岁尽之日’，谓之‘除夜’。士庶家不论大小，俱洒扫门闾，去尘秽，净庭户，换门神，挂钟馗，钉桃符，贴春牌，祭祀祖宗。遇夜则备迎神香花供物，以祈新岁之安。”

“除夕”源于先秦时期的“逐除”。周、秦时期每年将尽的时候，皇宫里要举行“大傩”的仪式，击鼓驱逐疫疠之鬼，称为“逐除”。据《吕氏春秋·季冬纪注》记载：古人在新年的前一天，击鼓驱逐“疫痨之鬼”。这就是“除夕”的由来。而最早提及“除夕”这一名称的，则有西晋周处的《风土记》等书。

“年”是现在的一种计时单位，但实际上并不是我们最早使用的名称。按《尔雅·释天》中的说法，尧舜

时用“载”，夏朝时用“岁”，商代用“祀”，直到周朝才用“年”。“年”这个概念是根据农作物生长的循环周期逐步确立的。东汉许慎《说文解字》给“年”的解释就是“谷熟也”。然而民间还有一个“年兽”的传说，说是在远古时候，我们的祖先曾遭受一种最凶猛的野兽的威胁。这种猛兽叫“年”，它捕百兽为食，到了冬天，山中食物缺乏时，还会闯入村庄，猎食人和牲畜，百姓惶惶不可终日。人和“年”斗争了很多年，人们发现，年怕三种东西，红颜色、火光、响声。于是在冬天人们在自家门上挂上红颜色的桃木板，门口烧火堆，夜里通宵不睡，敲敲打打。这天夜里，“年”闯进村庄，见到家家有红色和火光，听见震天的响声，吓得跑回深山，再也不敢出来。夜过去了，人们互相祝贺道喜，大家张灯结彩，饮酒摆宴，庆祝胜利。为了纪念这次胜利，以后每到冬天的这个时间，家家户户都贴红纸对联在门上，点灯笼，敲锣打鼓，燃放鞭炮烟花；夜里，通宵守夜；第二天，大清早互相祝贺道喜。这样一代一代流传下来，就成了“过年”。“年兽”的说法其实是从“山臊”演变来的。西汉东方朔《神异经》说：“西方山中有人焉，其长尺余，一足，性不畏人，犯之则令人寒热，名曰山臊；人以竹著火中，烞烨有声，而山臊惊惮远去。”《荆楚岁时记》说到正月初一的习俗，第一件即是爆竹，“鸡鸣而起，先于庭前爆竹，以避山臊恶鬼。”这与民间传说中惊吓年兽的做法也是一致的。

节日风俗

1. 守岁

除夕是个特别的日子，它处在新年和旧年的交接点上，因此，古人说除夕是“一夜连双岁，五更分二年”。除夕守岁是最重要的年俗活动之一。守岁，就是在旧年的最后一天夜里不睡觉，熬夜迎接新一年到来的习俗，也叫“熬年”。守岁之俗由来已久，西晋周处的《风土志》说：“除夕之夜，各相与赠送，称为‘馈岁’；酒食相邀，称为‘别岁’；长幼聚饮，祝颂完备，称为‘分岁’；大家终夜不眠，以待天明，称曰‘守岁’。”守岁的习俗，是怀旧岁而迎新年，希望合家团圆、父母安乐、儿孙康健，既有对如水逝去的岁月含惜别留恋之情，又有对来临的新年寄以美好希望之意。除夕夜的灯火，通宵不熄，俗称“光年”。

2. 年夜饭

除夕的另一盛典，就是吃团圆饭并守岁。这种庆典始于南北朝时期，至今更是长盛不衰。南朝梁徐君茜《共内人夜坐守岁》诗就说："欢多情未极，赏至莫停杯。酒中喜桃子，粽里觅杨梅。帘开风入帐，烛尽炭成灰。勿疑鬓钗重，为待晓光催。"唐代王勃在《守岁序》中所说："柏叶为铭，未泛新年之酒；椒花入颂，先开献岁之洞。"其中说到合家团圆吃年夜饭并守岁的事情。

3. 击钟分岁

先民相信在一年的最后一日击鼓而驱鬼逐邪，来年才可以祛病消灾。"前岁一日，击鼓驱疫疠之鬼，谓之逐除，亦曰傩"(《吕氏春秋》季冬纪注)，这是指风俗。后来每年除夕，都有击钟以分岁的习俗，其中苏州寒山寺除夕敲钟最有代表性。洪亮的寒山寺钟声，报道一年的开始。千家万户，听到钟声、爆竹齐鸣，人们走进新年。

4. 放爆竹

放爆竹最早是元日的习俗,《荆楚岁时记》说:“(元日)鸡鸣而起,先于庭前爆竹,以辟山臊恶鬼。长幼悉正衣冠,以次拜贺。进椒柏酒,饮桃汤,进屠苏酒……”后来除夕也放鞭炮。准确地说,除夕分岁只是在新旧之交的一刹那,除夕元日也分不得那么清楚了。许多诗人自然也没有严格的规定,因此,除夕放鞭炮在他们诗中也经常出现。展读古人的除夕诗,爆竹之声不绝于耳。如唐代张说《岳州守岁》之二:“桃枝堪辟恶,爆竹好惊眠。”刘禹锡《畬田调》:“照潭出老蛟,爆竹惊山鬼。”元稹《景申秋八首》:“乱骑残爆竹,争唾小旋风。”宋代苏轼《荆州十首》:“爆竹惊邻鬼,驱傩逐小儿。”清代陈曾寿《壬申除夕》:“迎春爆竹除宵禁,破萼唐花赋岁新。”

于西京守岁[①]

[唐] 骆宾王

闲居寡言宴[②]，独坐惨风尘。
忽见严冬尽，方知列宿春[③]。
夜将寒色去，年共晓光新。
耿耿他乡夕[④]，无由展旧亲。

【注释】

① 西京：指唐代都城长安。

② 言宴：指欢乐时刻。《诗经·氓》："总角之宴，言笑晏晏。"

③ 列宿：天上星宿，特指二十八星宿。

④ 耿耿：形容有心事。

【今译】

闲居在家，很少欢宴笑语，
独自坐着，觉得生活凄惨。
忽然想到，严冬就要过去，
这才知道，春天就要来临。
除夕守岁，寒冷逐渐散去，
新年在即，将伴晨光更新。
他乡独居，心头思念不断，
没有机会，叫来亲人团聚。

【鉴赏】

这首抒情诗，大约作于上元年间，他自蜀返京后不久，母亲刚去世。因此，诗一开始就说："闲居寡言宴，独坐惨风尘。"这是指他闲居在家，很少欢宴笑语。从前无忧无虑的欢笑都已永远逝去，如今只能孤独地应对纷纷扰扰的世事，诗人孤傲高洁的形象跃然纸上。

第二联“忽见严冬尽，方知列宿春”，既实写季节的变化，冬去春来，也暗喻诗人内心情感的变化。孤独忧郁之中忽然发觉寒冷的冬天行将结束，春天已指日可待。“忽见”的“忽”与“方知”的“方”，两相对照，细致传神地表达出诗人心灵的触动。而新年将至，希望萌生，这是人之常情，敏感的诗人自然也不例外。

颈联“夜将寒色去，年共晓光新”，由大的背景回到眼前：守岁。诗人的构思精巧，词语也很新颖。上句用“寒色”写冬，已够别致，“夜将去”更是新颖。下句意思是“晓光”一到便是新年。

末联“耿耿他乡夕，无由展旧亲”，是指没机会与乡亲旧友相见，在京城思念得辗转反侧。这句直抒胸臆的结尾，传达的是“每逢佳节倍思亲”的人之常情。

诗词故事

新旧之交话除夕

除夕是新岁与旧岁交接班的时间，这真是个特殊的时间。抓住除夕的这个特点，诗人们创造了许多颇有特色的诗句。

“一夜连双岁，五更分二年”大概是流传最广的除夕话语，虽然不知道它的出处，但是这两句话确实说出了除夕的特点。

诗人的笔下写到除夕特点却是连带着他们对事物的观察和自己的感受。骆宾王《于西京守岁》：“夜将寒色去，年共晓光新。”这“夜”就是“除夕”了，“年共晓光新”，除夕过去就是新年。“寒色”和“晓光”带有诗人情感，这“寒色”不仅是天气寒冷，更重要的是去年过得并不理想，而“晓光”则表现出他对新的一年的期待。

李德裕《岭外守岁》：“冬逐更筹尽，春随斗柄回。寒暄一夜隔，客鬓两年催。”短短四句诗写的就是除夕改年更岁的特点。

唐代诗人史青《应诏赋得除夜》“寒随一夜去，春逐五更来”，也写出了新旧交替的特点。据说这首诗是史青写的，并且还有一个故事。说是唐玄宗雅好文学厚待诗人，开元初期有个名叫史青的诗人，称曹植七步成诗不足为奇，他能够在五步之内成诗。唐玄宗当即下旨，将史青召入宫内，以《除夕》为题，命之作诗。史青未出五步，即吟诗云：“今岁今宵尽，明年明日催。寒随一夜去，春逐五更来。气色云中改，云颜暗里摧。风光人不觉，已入后园梅。”（此诗一说是王諲所作）果然律工辞美，唐玄宗听了大赞其才，当场授以左监内将军之职。

节日诗词

听安万善吹觱篥歌[1]

[唐]李　颀

南山截竹为觱篥，此乐本自龟兹出[2]。
流传汉地曲转奇，凉州胡人为我吹。
旁邻闻者多叹息，远客思乡皆泪垂。
世人解听不解赏，长飙风中自来往。
枯桑老柏寒飕飗，九雏鸣凤乱啾啾。
龙吟虎啸一时发，万籁百泉相与秋。
忽然更作《渔阳掺》[3]，黄云萧条白日暗。
变调如闻《杨柳》春[4]，上林繁花照眼新[5]。
岁夜高堂列明烛[6]，美酒一杯声一曲。

【注释】

① 安万善：凉州（今甘肃武威县）胡人，唐代少数民族音乐家。觱篥（bì lì）：亦作“筚篥”、“悲篥”，又名“笳管”。簧管古乐器，今已失传。以竹为主，上开八孔（前七后一），管口插有芦制的哨子。

② 龟兹（qiū cí）：古西域城国名，在今新疆库车县一带。

③ 渔阳掺：鼓调名。

④ 杨柳：指《杨柳枝》，从古曲《折杨柳》变调而成的曲子。

⑤ 上林：上林苑，古代国囿，秦时开辟，汉武帝时扩建，方圆二百余里，在今陕西长安县内。

⑥ 岁夜：即除夕。

【今译】

南山截来的竹子做成了觱篥，
这种乐器本来出自西域龟兹。
它传入中原后曲调更为新奇，
凉州胡人安万善为我们奏吹。

邻近的人听了乐曲人人叹息，
离家游子生起乡思个个垂泪。
世人只晓听声而不懂得欣赏，
它恰如那狂飙旋风独来独往。
像寒风吹摇枯桑老柏沙沙响，
像九只雏凤绕着老母啾啾唤。
像龙吟虎啸一齐迸发的吼声，
像万籁百泉相杂咆哮的秋音。
忽然声调急转变作了渔阳掺，
犹如黄云笼罩白日昏昏暗暗。
声调多变仿佛听到了杨柳春，
真像宫苑繁花令人耳目一新。
除夕之夜高堂明烛排排生辉，
美酒一杯哀乐一曲心胸欲碎。

【鉴赏】

这一首诗，当从最后两句说起。“岁夜高堂列明烛，美酒一杯声一曲。”时间是除夕，堂上是明烛高烧，诗人是在守岁，“美酒一杯声一曲”正是他守岁的方式。

这首诗的主要内容是赞美安万善吹觱篥之技艺。李颀看来是对音乐很有研究的人,写音乐的诗在唐诗中并不多,但是李颀却写过三首涉及音乐的诗:一首写琴(《琴歌》),一首写胡笳(《听董大弹胡笳弄兼寄语房给事》),这一首写觱篥。

“南山截竹为觱篥”,先点出乐器的原材料,“此乐本自龟兹出”说明乐器的出处。接下来写觱篥的流传,吹奏者及其音乐效果。“流传汉地曲转奇,凉州胡人(指安万善)为我吹。旁邻闻者多叹息,远客思乡皆泪垂”,写出乐曲美妙动听,有很强的感染力量,人们都被深深地感动了。看来来听这个觱篥演奏的人不在少数。

但是,人们只是一般地听听而不能欣赏乐声的美妙,安万善所奏觱篥也只能独来独往于觱篥掀起的暴风之中。而李颀是能欣赏安万善所奏觱篥的,在他的感觉中,觱篥之声,有的如寒风吹树,飕飗作声;树中又分阔叶落叶的枯桑,细叶长绿的老柏,其声自有区别,用笔极细。有的如凤生九子,各发雏音,有的如龙吟，有的如虎啸，有的还如百道飞泉和秋天的各种声响交织在一起。四句正面描摹变化多端的觱篥之声。接下来仍以生动形象的比拟来写变调。先一变沉着，后一变热闹。沉着的以《渔阳掺》鼓来相比，恍如沙尘满天，云黄日暗；热闹的以《杨柳枝》曲来相比，恍如春日皇家的上林苑中，百花齐放。

最后，诗人从声音的陶醉之中，回到了现实世界。“岁夜”二字点出这时正是除夕，诗人和朋友们正在明烛高堂之上边欣赏音乐边守岁。

诗词故事

欢歌达旦迎新岁

写这个题目很容易想起现在的春节晚会。除夕守夜之时开展一些文艺活动，追究起来也是自古以来的老传统了。唐代李颀《听安万善吹觱篥歌》说“岁夜高堂列明烛，美酒一杯声一曲”，很明显是春节晚会了，而安万善吹觱篥只是晚会上表演的一个节目而已。

古代除夕守岁诗中写到歌舞演出的并不在少数，唐初诗人杜审言的《守岁侍宴应制》诗写道：“季冬除夜接新年，帝子王孙捧御筵。宫阙星河低拂树，殿廷灯烛上薰天。弹琴奏节梅风入，对局探钩柏雨传。欲向正元歌万寿，暂留欢赏寄春前。”这是写朝廷举办的守岁活动，其中“弹琴奏节梅风入”表明音乐欣赏也是守岁活动之一。当然这样的歌舞宴会，一般不是个人所能筹划的。

张说在其《岳州守岁》二首中也写到人们守岁时醉舞酣歌、辞旧迎新的场面：“夜风吹醉舞，庭户对酣歌。愁逐前年少，欢迎今岁多。”“桃枝堪辟恶，爆竹好惊眠。歌舞留今夕，犹言惜旧年。”这两首诗中所写的可能是一些达官贵人所举办的家庭歌舞晚会。宋代秦观《阮郎归》“丽谯吹罢《小单于》，迢迢清夜徂”也是属于这一类。

至于除夕随便唱唱的，如唐代罗隐《岁除夜》“儿童不谙事，歌吹待天明”、周弘亮《故乡除夜》“何处夜歌销腊酒，谁家高烛候春风”等，当然就更多了。

节日诗词

除夜作

[唐]高　适

旅馆寒灯独不眠，客心何事转凄然[1]？
故乡今夜思千里，霜鬓明朝又一年[2]。

【注释】

① 转：变成。凄然：悲伤的样子。

② 霜鬓：指两鬓已经变白了，就像霜一样。

【今译】

独自在旅舍中，面对一盏寒灯，无法入眠。

羁留在外的我，此刻为什么突然感到凄凉？

今晚,我的思绪早已飞到千里之外的故乡,

明天又是新的一年,而我依然是白发苍苍!

【鉴赏】

这首诗是高适作于玄宗天宝九年(751)除夕。那年秋,高适以封丘尉启程送兵至范阳节度之清夷军(今河北怀来),归程恰好是除岁。除夕是家人欢聚的时候,然而诗人却只能独宿旅店,对着一盏寒灯,思念远在千里的家乡,不能成眠,怎不叫人倍觉孤寂凄凉。

“旅馆寒灯独不眠”,首句点明作者在除夕仍羁旅天涯,可以想见,诗人眼看着外面家家户户灯火通明,欢聚一堂,而自己却远离家人,身居客舍。两相对照,不觉触景生情。“寒灯”二字,渲染了旅馆的清冷和诗人内心的孤寂。因此这一句看上去是写眼前景、眼前事,但是却处处从反面扣紧诗题,创造出一个孤寂清冷的意境。第二句“客心何事转凄然”是一个转折句,设问的形式将思想感情更明朗化,究竟是什么使得诗人“转凄然”呢?

“故乡今夜思千里”的意思是说,故乡的亲人在这个除夕之夜定是想念着千里之外的我。其实,这也正是“千里思故乡”的一种表现。“霜鬓明朝又一年”,“今夜”是除夕,因此明朝又是一年了,由旧的一年又将“思”到新的一年,这漫漫无边的思念之苦,又要在霜鬓增添新的白发。沈德潜说:“作故乡亲友思千里外人,愈有意味。”(《唐诗别裁》)之所以“愈有意味”,就是诗人巧妙地运用“对写法”,将深挚的情思抒发得更为曲折含蕴。这三四两句是对一二两句的回答,说明“独不眠”和“转凄然”的原因:一是思乡心切,二是伤老大无成,岁月无情。将他乡游子真实的感受写得淋漓尽致,感人肺腑。

诗词故事

除夕客里起相思

除夕夜,万家团聚,但是也有许多人除夕之夜却因为各种原因不能回去和亲人团聚,所以古人的许多除夕诗都低吟着一种愁苦之音,唐代高适的《除夜作》如此,还有许多除夕诗都是如此。如崔涂《巴山道中除夜书怀》:“迢递三巴路,羁危万里身。乱山残雪夜,孤独异乡人。渐与骨肉远,转与童仆亲。那堪正漂泊,明日岁华新。”来鹄《除夜》:“事关休戚已成空,万里相思一夜中。愁到晓鸡声绝后,又将憔悴见春风。”

“万里”成了除夕相思诗中的常用词。戴叔伦的《除夜宿石头驿》写道:“旅馆谁相问?寒灯独可亲。一年将尽夜,万里未归人。寥落悲前事,支离笑此身。愁颜与衰鬓,明日又逢春。”其中“一年将尽夜,万里未归人”,堪称写除夕客况的名句。清代沈德潜评说此句说:“应是万里归来,宿于石头驿,未及到家也。不然,石城与金坛相距几何,而云‘万里’乎?”(《唐诗别裁》)其实这不能用实际路程来衡量“万里”一词的准确性。只要诗人尚未到家,就会有一种远在天涯的感觉。这也是古代除夕诗中常用“万里”的原因。

宋代秦观《阮郎归·除夕》写除夕之夜难眠的冷寂环境和孤凄心情,以及被贬日远和音信久疏的痛楚。其下阕云:“乡梦断,旅魂孤。峥嵘岁又除。衡阳犹有雁传书,郴阳和雁无。”“乡梦断,旅魂孤”,这六个字凝聚着无比深沉的感情。至“峥嵘岁又除”一句,词

人正面点除夕。峥嵘，喻不寻常，此言岁月之艰难。然而着一“又”字，却表明了其中蕴有多少次点燃了复又熄灭的希望之火。言外之意是：一个又一个除夕到来了，接着又消逝了，词人依旧流徙在外。词的结尾说，衡阳还可以有鸿雁传书，而自己贬衡阳以南几百里的郴阳，连雁也看不到了，何能带来书信呢？写离乡日远，音讯久疏，连用二事，贴切而又自然。

节日诗词

守 岁

[宋]苏 轼

欲知垂尽岁，有似赴壑蛇。
修鳞半已没[①]，去意谁能遮[②]，
况欲系其尾，虽勤知奈何！
儿童强不睡[③]，相守夜欢哗。
晨鸡且勿唱，更鼓畏添挝[④]。
坐久灯烬落，起看北斗斜。
明年岂无年？心事恐蹉跎[⑤]。
努力尽今夕，少年犹可夸。

【注释】

① 修鳞：长蛇。

② 遮：阻拦。

③ 强：执拗。

④ 挝：击打。添挝：指击打更鼓的次数在增加。

⑤ 蹉跎：不顺利。

【今译】

要知道过去了的时间，
就好像钻进山洞的蛇。
一大半身子已钻进去，
爬进去的想法拦不住。
何况只抓住蛇的尾巴，
再勤快也是无可奈何。
小孩想睡仍不肯睡觉，
只知道守夜尽情欢笑。
司晨的公鸡不要早叫，
我都害怕更鼓再敲打。
守岁坐久灯花已落尽，

起身看看北斗已偏斜。
难道明年就没有时间？
我的心里总放心不下。
今天晚上守夜守到底，
少年的志气还要表扬。

【鉴赏】

嘉祐七年(1062)岁末，苏轼写三首和除夕相关的风俗诗，寄给弟弟苏辙。苏轼说："岁晚相与馈问，为'馈岁'；酒食相邀，呼为'别岁'；至除夜，达旦不眠，为'守岁'，蜀之风俗如是。余官于岐下，岁暮思归而不可得，故为此三诗以寄子由。"这三首诗分别是《馈岁》、《别岁》和《守岁》。当时苏轼孤身在凤翔，年终想回汴京和父亲弟弟团聚而不可得，想起故乡岁暮的淳朴风俗，估计苏辙不知道，就写这三首诗寄给苏辙。

《守岁》是这组诗的第三首，全诗十六句，可以分为三节。前六句以"赴壑蛇"为喻：到了除夕，已经是蛇的末梢了，倒拔蛇已不大可能，何况只抓尾巴梢，哪里能系得住呢？以这样六句开头，好像这个风俗无道理。

要写守岁，先写守不住，不必守，这是欲擒先纵、使文字多波澜的手法。中间六句写守岁的情景。一个“强”字写出儿童过除夕的特点：明明瞌睡，却还要勉强欢闹。这两句仍然回味故乡风俗，不是东坡在凤翔时的情景。这年东坡虚龄才二十七岁，膝下只有一子苏迈，虚龄五岁，不可能有这两句所写的场景。“晨鸡”二句写守岁时心理状态入微，“坐久”两句写守岁的情景逼真，这句主要是指大人守岁说的。实际上这是人人守岁都有过的感受，他能不费力地写出来，使读者仿佛身临其境，格外亲切。最后四句为一节，与篇首第一节对照，表明守岁有理，应该爱惜将逝的时光，正面交代应该守岁到除夕尽头。结尾十字，字面上虽然用白居易“犹有夸张少年处”，但意在勉励苏辙。苏辙在京师侍奉父亲，苏轼希望两地守岁，共惜年华，言外有互勉之意。

诗词故事

除夕守岁诗话

除夕守岁是在我国民间广泛流传的传统习俗。

南宋孟元老在《东京梦华录·除夕》中说："是夜，禁中爆竹山呼，声闻于外，士庶之家，围炉团坐，达旦不寐，谓之守岁。"

南北朝时期，梁代徐君茜在《共内人夜坐守岁》一诗中写道："欢多情未极，赏至莫停杯。酒中喜桃子，粽里觅杨梅。帘开风入帐，烛尽炭成灰。勿疑鬓钗重，为待晓光催。"诗中生动地记叙了诗人在除夕与妻子一起宴饮守岁的情景，从多个侧面反映了古代人们在除夕之夜欢乐待晓的情景。这也是我国最早的守岁诗之一。

隋唐时期，除夕守岁之风日盛。宫廷里的除夕历来讲究排场，繁文缛节，与民间不同。传说唐太宗李世民曾写过一首《守岁》，详细描写了宫内除夕守岁的豪华欢乐情景："暮景斜芳殿，年华丽绮宫。寒辞去冬雪，暖带入春风。阶馥舒梅素，盘花卷烛红。共欢新故岁，迎送一宵中。"而唐初诗人杜审言的《守岁侍宴应制》则展示了达官贵人除夕守岁时谈笑风生、酒绿烛红的奢华场面："季冬除夜接新年，帝子王孙捧御筵。宫阙星河低拂树，殿廷灯烛上薰天。弹琴奏节梅

风入,对局探钩柏雨传。欲向正元歌万寿,暂留欢赏寄春前。"灯烛照夜,歌舞娱乐通宵达旦,记录了唐王朝上升时期君臣同乐的盛况。

诗人们在这天晚上自然也要宴饮赋诗、守岁迎新。如唐代诗人董思恭在其《守岁》诗中就记叙了诗人除夕守岁的情景:"岁阴穷暮纪,献节启新芳。冬尽今宵促,年开明日长。冰消出镜水,梅散入风香。对此欢终宴,倾壶待曙光。"杜甫在其《杜位宅守岁》诗中对除夕守岁这一习俗描绘得更加细致生动:"守岁阿戎家,椒盘已颂花。盍簪喧枥马,列炬散林鸦。四十明朝过,飞腾暮景斜。谁能更拘束?烂醉是生涯!""守岁阿戎家"也成了除夕守岁的常用典故。唐代诗人卢仝在其《守岁》中也抒发了自己的感慨:"去年留不住,年来也任他。当垆一榼酒,争奈两年何。"既有送旧的眷恋,也有迎新的期盼。

宋代也流行除夕守岁。1062年岁末,苏东坡在凤翔为官时,因公务在身"思归而不可得",便分别以《馈岁》、《别岁》和《守岁》为题作诗三首。其中《守岁》诗描写了除夕夜孩子们尽情嬉闹的欢快场面,抒发了诗人对时光飞逝、岁月不居的人生感悟。这一风俗流传到清代依然隆重热闹。诗人张问陶的《戊申除夕》有云:“耳闻腊鼓鸣,心已复邦族。土风重守岁,红烛暖茅屋。阑底腊猪肥,饔中家酿熟。承欢聚庭帏,属餍到僮仆。巷北闻呼卢,市南或征逐。灯火乱前街,儿童欢似鹿。邑小人声杂,达晨不肯宿。”

守岁风俗,历代相传。清人席振起也有一首题为《守岁》的诗:“相邀守岁阿戎家,蜡炬传红映碧纱。三十六岁都浪过,偏从此夜惜年华。”清代诗人赵翼在85岁时写了《除夕》一诗:“烛影摇红焰尚明,寒深知己积琼英。老夫冒冷披衣起,要听雄鸡第一声。”表现自己的老当益壮的雄心。

“寒随一夜去,春逐五更来”,由古至今,虽然人们过年的内容方式有了很大变化,但守岁的风俗一直保留到现在。

节日诗词

除夜对酒赠少章[1]

［宋］陈师道

岁晚身何托[2]，灯前客未空。
半生忧患里，一梦有无中。
发短愁催白，颜衰酒借红[3]。
我歌君起舞，潦倒略相同[4]。

【注释】

① 少章：秦觏，字少章，北宋著名词人秦观之弟。

② 托：依托。

③ 颜：容颜。

④ 潦倒：指仕途不顺利。

【今译】

到了岁末，生活还是没有着落，
坐在灯前，想到还在漂泊之中。
半生已经过去，天天忧心忡忡，
梦中什么都有，醒来万事皆空。
头发本来稀疏，忧愁催生白发，
容颜已经苍老，喝酒唤起脸红。
现在我来唱歌，你也起来跳舞，
我们穷愁潦倒，命运大致相同。

【鉴赏】

此诗当作于哲宗元祐元年（1086）除夕。秦觏与诗人同在京师，过从颇密。除夕之夜，诗人置酒待客，与朋友们一起开怀畅饮。正当酒酣耳热之际，诗人却想起了自己的遭遇。于是趁着酒兴，发发牢骚，把满肚皮的不合时宜对朋友倾泄一番。

“岁晚身何托，灯前客未空。”一年又过去了，自己依然似无根浮萍，随风飘荡，无所依托。诗人早年受业于曾巩，得到器重。但一直是“白衣”。元丰六年，曾巩去世。此时，诗人虽先后又结识了苏轼、张耒等人，但生活一直无着，甚至贫穷得无力养家，妻子和三儿一女只得随丈人郭概去了四川。除夕之夜，本应合家团聚，可妻子儿女却在远方，难以相见；一年终了，自己托身何处仍无结果，诗人怎么能不感到抑郁不乐呢？“半生忧患里，一梦有无中。”这一年，诗人已三十四岁。古人云“三十而立”，而诗人的半辈子却在忧患中度过，虽有才华却无处施展，虽有抱负却无法实现，只好在梦中寻求理想，寻求安慰。梦中应有尽有，而现实中却一无所有！严酷无情的现实粉碎了诗人美好的梦幻。眼见光阴流逝，愁白了头。此言“发短愁催白”，恐怕头上未必真有白发；言“颜衰酒借红”，亦恐怕颜面未必真的衰老如此。诗人这年才刚刚三十出头！诗人此写愁催白发，酒助红颜，无非是表示愁之深、心之苦罢了。愁不能胜，苦不堪言，满腹牢骚，对谁诉说？看来只有当时也是“布衣”的秦少章与自己遭遇处境略同，可以作为自己的知音了。所以在发泄了一肚子的不平之气后，诗人唱，少章和且舞，两个“潦倒略相同”的人，姑且用歌声来排遣满腹愁绪吧，今晚毕竟是除夕之夜啊，来年再努力吧！

诗词故事

岁末咏怀感慨多

除夕是一年的最后一个晚上，诗人们在岁末年初往往感慨良多，岁末咏怀诗的出现是再自然不过的事情了。

除夕咏怀诗很多是回首平生的。除夕是一个时间节点，在这天晚上回顾自己走过的人生道路，确实会引发诸多感慨。杜甫《杜位宅守岁》“四十明朝过，飞腾暮景斜”是对自己四十年的生活的概括，诗人人到中年，已经觉到暮景扑面而来，唯有以酒解忧。司空图在《岁尽》诗中也表达了相似的心情：“莫话伤心事，投春满鬓霜。殷勤共尊酒，今岁只残阳。”较之杜甫，更添了几分颓丧之气。同是岁末借酒浇愁，诗人卢仝《守岁》：“去年留不住，年来也任他。当垆一榼酒，争奈两年何。”一杯酒怎么消得了两年的悲愁呢？逝去的岁月弃我而去，无从挽留，而新的一年不管你要不要，都会出现在你面前，无可奈何，只能由它去吧！擅长诗书画的明代才子文徵明，在他25岁那年的除夕挥毫赋诗，感叹“二十五年如水去，人生消得几番除”。

有些漂泊异乡的文人，因除夕夜不能回家与亲友团聚，在诗中多有思亲怀乡的佳句。如白居易的“守岁樽无酒，思乡泪满巾”。唐代诗人张说的“故岁今宵尽，新年明旦来。愁心随斗柄，东北望春回”。戴叔伦的“旅馆谁相问，寒灯独可亲。一年将尽夜，万里未归人。寥落悲前事，支离笑此身。愁颜与衰鬓，明日又逢春”。孟浩然的“守岁家家应未卧，相思那得梦魂来”。高适的“故乡今夜思千里，霜鬓明朝又一年”等等。清代蒋士铨在《除夕过太常金先生宅守岁》中把这种感情抒发到了极致：“爆竹声中岁两更，怀乡思母岂无情。长安客有终身住，百感心同一夜生。尘世华年喧梦蚁，朱门歌舞到侯鲭。谁知冷屋灯檠畔，游子凄然坐到明。”诗人客居异乡，被友人邀去过年守岁，尽管主人家热闹又盛情款待，还是不能免除诗人怀乡思母之情。

节日诗词

除 夕

［明］文徵明①

人家除夕正忙时，我自挑灯拣旧诗。

莫笑书生太迂腐②，一年功事是文词③。

【注释】

① 文徵明(1470—1559)：初名壁，字徵明，以字行。长洲(今江苏吴县)人。官至翰林待诏，私谥贞献先生。明代中期最著名的画家，大书法家，亦能诗。

② 迂腐：指言谈、行为拘泥于旧准则，不适应时代潮流。

③ 功事：工作成绩。

【今译】

人家在除夕时正忙个不停，
我却在灯下细心挑拣旧诗。
不要嘲笑我这样做太迂腐，
我一年的成绩就是这些诗。

【鉴赏】

除夕是一年的终点，因此它具有特殊的意义。我们现在也常在年终回顾自己一年所做的事情。文徵明这首《除夕》诗，显然也带有年终盘点的意思。

除夕的事情似乎很多，如守岁、宴饮、歌舞等，因此家家户户热闹非凡。作者却远离节日的喧嚣，独自在灯下整理自己一年来写的诗。这里显示出诗人与众不同的做法，一方面固然有着对自己一年诗歌创作的珍惜，一方面也在一定程度上对除夕旧俗的漠然。这在文徵明的其他诗歌中也能看到，如他的《拜年》诗："不求见面唯通谒，名纸朝来满敝庐。我亦随人投数纸，世情嫌简不嫌虚。"既反映了当时的拜年风俗，但是也能清晰地感到诗中隐含的诗人对社会风气的嘲讽。

“莫笑书生太迂腐”其实也是针对这种社会风气来说的。什么是“迂腐”？莫非就是没有利用过年这个有利时间去奉承权贵，而只知道守着自己的旧诗。“一年功事是文词”是一种表白，表明自己一年当中最大的成绩就是写诗。反言之，就是没有去做别的什么事，尤其是不清不白的事。

诗歌是有感而发，既反映了诗人的情趣，也寓含了自己保持清白的志向。

诗词故事

除夕夜贾岛祭诗

诗人中，有拿自己的诗作不当回事的，如李白的诗歌，随写随丢，或者就送人了，自己并不保留。因此这位唐代大诗人留存到现在的诗歌作品并不多。珍惜自己的创作成果，为之整理编辑的，当首推中唐大诗人白居易，他把自己的诗歌加以整理，分藏几处，也是司马迁“藏之名山，传之其人”的意思。

珍惜自己的诗歌创作的，还有一个很有名的故事，就是贾岛祭诗。唐代诗人贾岛除夕夜把自己一年写的所有诗作，摆放在几案上，焚香再拜，并说："这是我一年的心血啊！"这个传说最早见于唐代冯贽的《云仙杂记》："贾岛常以岁除，取一年所得诗，祭以酒脯曰：劳吾精神，以是补之。"元代辛文房《唐才子传》记载：唐代诗人贾岛"每至除夕，必取一岁所作置几上，焚香再拜，酹酒祝曰：'此吾终年苦心也。'痛饮长谣而罢。"

贾岛祭诗的做法颇类现在的年终小结。一年下来，盘点一下一年所做的事情，也是顺理成章的。明代诗人文徵明大概觉得贾岛的做法不错，于是也向贾岛学习，其《除夕》诗云："人家除夕正忙时，我自挑灯拣旧诗。莫笑书生太迂腐，一年功事是文词。"也有年终盘点的含义。清代龚自珍也说到自己除夕和朋友一起读"平生诗"的事情："辛巳除夕与彭同年同宿道观中，彭出平生诗，读之竟夜，遂书卷尾。"为此，他写了一首诗："亦是三生影，同听一杵钟。挑灯人海外，拔剑梦魂中。雪色惮恩怨，诗声破苦空。明朝客盈座，谁言去年踪。”即便没有像贾岛那样举行仪式，但是岁末回顾一下自己一年的生活情形，也是人之常情。

节日诗词

除夕太原寒甚①

［明］于　谦

寄语天涯客②，轻寒底用愁③。
春风来不远，只在屋东头④。

【注释】

① 太原：地名，在今山西省。寒甚：天气很寒冷。

② 寄语：传话。天涯客：远离家乡的人。

③ 轻寒：有点冷。底用：何用。底，犹“何”，汉以来诗文中多用其义。

④ 屋东头：指东方，意即很近。

【今译】

传话给远离家乡的人：
不必为这点寒冷发愁。
春天不久就要来到了，
现在已到了屋子东头。

【鉴赏】

“四时冬日最凋年”（白居易《岁晚旅望》），前人咏冬，或发岁暮之感，或抒归家之思，大都吟叹出一种悲音哀调。然而这首小诗，却洋溢着一股积极乐观的激情。

太原位于我国北方，冬季比南方更加寒冷；诗人在除夕夜宿，特别寒冷，故题云“寒甚”，其时寒气之重是可想而知的。但诗人却下“轻寒”二字来点题，“底用”，犹言“何用”，说这一点点寒冷哪里用得上为它犯愁呢？诗人不畏严寒，傲霜斗雪的情怀，亦由此体现了出来。值得注意的是，作者并非仅仅是自抒情怀，更是在宽慰漂泊天涯、万里为客的游子。按中国传统风俗，除夕该是合家团圆吃年夜饭的时候，游子在外特别怀乡思归，身外的冰冷，心中的凄凉，交织成片片浓愁。于谦本是江南人，自中进士以来长期辗转南北，作此诗时正巡抚山西，也可谓是天涯客，但这首除夜诗却扫除了思家之悲、苦寒之愁，从他对天下所有游子的宽慰中，我们更可以感受到他兼济世人的博大胸襟。

那么，“寒甚”的除夜，究竟为何是“轻寒”呢，诗的后二句告诉人们，原来，“春风来不远，只在屋东头”。除夕过后，便是孟春正月，诗人由此展开联想：冬天即将过去，春天就要来临，那和煦温暖的春风已经启程，渐渐从东面吹来，驱逐严寒为期不远。这两句话实实在在，切合事理，给岁暮仍在他乡漂泊、忍受寒风侵袭、孤愁煎熬的天涯客带来了春天的希望，遂使“轻寒底用愁”的宽慰倍觉真切。尤其是以“屋东头”代替“近”，更让人感觉我与“春”之间只是一墙之隔。前人写岁暮，将岁暮与人之迟暮，时之阴沉与心之阴郁联系起来，多抒发悲时哀生的情感，读之使人消沉。而此诗却能在最寒冷、最悲愁的时候透过冬幕的笼罩，放眼春天，看到春天盎然的生机，读之真能令人鼓舞。

英国著名诗人雪莱曾写下过这样的诗句:“冬天来了,春天还会远吗?”本诗的寓意,亦与此近同。

于谦是一位杰出的政治家,本非专以吟咏求工为能事,作诗多有为而发,论诗也强调要“尽乎人情物变”,“深于理而适于趣”。此诗用质朴无华、明白流畅的语言写出一种深刻而又富于生气的理趣,启人心扉,耐人品味,同时也充满着春天般的诗情。

诗词故事

短歌一曲《西风颂》

《除夜太原寒甚》是于谦巡抚山西时所作。于谦(1398—1457),字廷益,浙江钱塘人,明朝名臣,民族英雄。永乐十九年(1421)举进士,被任命为监察御史。宣德元年(1426),汉王朱高煦发动叛乱,宣宗御驾亲征。于谦在扈从中,以胆识过人,初露头角。次年,以巡按御史出任江西。三年后,升授兵部右侍郎兼都御史。宣德五年(1430),明朝设立“巡抚”,作为最高地方行政长官,其职权在都指挥使司、布政使司和按察使司三司之上。明宣宗亲手书写了于谦的名字授予吏部，被任命为河南、山西首任巡抚。

于谦在三十三岁这个年富力强的年龄赴任之后，轻车简从，足迹踏遍了河南、山西各地，体察民情，革除时弊，政绩卓著。在巡抚任上，于谦先后平反冤狱数百起，倡建尚义仓和平准仓多处，并督率官民增筑黄河堤障，以防水患。正统十年(1445)，山东、山西、陕西的饥民成批流入河南，多达二十余万。根据当时明朝的法令，地方官应当把没有“路引(通行证)”的饥民，按照“逃户周知册”遣返回乡，以追索税粮。可是，对于流民，于谦竟然甘冒“有违国法”的罪名，奏请拨发河南官仓的存粮八十余万石进行赈济。同时，他又在附近州县予以安置，或新编里甲，或散插乡都，新编民户共七万有余，并且拨给一批境内荒田及黄河滩地，酌量散发种籽、耕牛，使灾民得以生产自救。

于谦巡抚河南、山西十九年，深得两省百姓拥戴，当明廷准备将他调任京城的时候，两省吏民千余人上书请求于谦留任，就连太原的晋王和开封的周王也极力挽留。

《除夜太原寒甚》这首诗是对他在山西巡抚工作的自信，他相信事情总是向好的方面发展，困难挫折都是暂时的。

扩展阅读

杜位宅守岁[①]

［唐］杜　甫

守岁阿戎家[②]，椒盘已颂花[③]。
盍簪喧枥马，列炬散林鸦[④]。
四十明朝过[⑤]，飞腾暮景斜[⑥]。
谁能更拘束[⑦]，烂醉是生涯[⑧]。

【注释】

① 杜位：杜甫堂弟，唐代宰相李林甫的女婿。曾任考功郎中、湖州刺史。

② 阿戎：古时人们往往称堂弟为阿戎。这里指杜位。

③“椒盘”句：描写杜位宅里正在举行酒宴的场面。古时过年有饮椒花酒的习俗，也是按照从年幼到

年长的次序。

④“盍簪”两句：朋友们骑马而来，这么多的马在马棚里，发出了喧哗声。彻夜通亮的烛光，林中的乌鸦以为天亮了，都飞走了。盍簪：友人聚会。炬：烛火。

⑤ 四十：这年除夕一过，杜甫就四十岁了。

⑥ 飞腾：飞驰而来，扑面而过。暮景：晚景。这句是说，一转眼就到了四十岁，进入人生的暮年。

⑦ 拘束：受到约束。

⑧“烂醉”句：在烂醉中了此余生。

岭外守岁①

［唐］李德裕②

冬逐更筹尽③，春随斗柄回④。

寒暄一夜隔⑤，客鬓两年催⑥。

【注释】

① 岭外：指五岭以南地区，今广东、广西一带。

② 李德裕(787—850)：中唐著名政治家。唐宣

宗大中二年(848)九月，李德裕由潮州(治所在今广东潮安县)司马再贬为崖州(治所在今海南琼山县东南)司户参军，于次年正月到达贬地。此诗就是大中二年除夕在赴崖州途中守岁之作。

③ 逐：赶走。更筹：古代夜间报更的牌，也泛指时间，这里指全年。

④ 斗柄：北斗星的柄，它随着四季的不同，分别指向东西南北方向。除夕之夜指向正北，一交元日，即偏向东方。“冬逐”两句是说，严冬随着更筹而逝，春天跟着斗柄东转而返回人间。

⑤ 暄(xuān)：太阳的温暖。

⑥ 两年催：除夕之夜，岁跨两年。表现了岁月催人，心境因此变得更加凄楚，鬓边的白发也变得更多了。

除夜二首(其一)

［宋］陈与义

城中爆竹已残更，朔吹翻江意未平[①]。

多事鬓毛随节换②，尽情灯火向人明③。

比量旧岁聊堪喜④，流转殊方又可惊⑤。

明日岳阳楼上去⑥，岛烟湖雾看春生⑦。

【注释】

① 朔吹：北风吹动的声响。这里象征北方金人的侵略。意未平：还不能平息的样子。

② 多事：多生是非的意思。

③ 尽情：犹言多情。和上句的“多事”一反一正。

④ 比量：比较。

⑤ 流转：辗转流亡。殊方：异乡。北宋亡后，诗人避难南下，流离于今湖南、湖北一带，过了三年这样的生活。

⑥ 岳阳楼：湖南岳阳城西门城楼，下临洞庭湖。唐张说谪岳州时筑，宋时重修。

⑦ 岛：指洞庭湖中的君山，君山实为一座小岛。看春生：仿佛看到春天的来临，寄托对于明年国势好转的期望。

除夜自石湖归苕溪(十首选四)①

［宋］姜 夔

(其一)

细草穿沙雪半销，吴宫烟冷水迢迢②。
梅花竹里无人见，一夜吹香过石桥。

(其三)

黄帽传呼睡不成③，投篙细细激流冰。
分明旧泊江南岸，舟尾春风刮客灯。

(其五)

三生定是陆天随④，又向吴松作客归⑤。
已拚新年舟上过，倩人和雪洗征衣⑥。

(其七)

笠泽茫茫雁影微⑦，玉峰重叠护云衣⑧。
长桥寂寞春寒夜⑨，只有诗人一舸归⑩。

【注释】

① 苕溪：浙江吴兴县的别称，因境内苕溪得名。吴兴即湖州（宋时湖州治所在吴兴）。时姜夔安家于此。本题乃组诗，共十首。光宗绍熙二年（1191）冬，诗人访石湖范成大，除夕乘舟归苕溪途中所作。

② 吴宫：苏州有春秋时代吴国宫殿的遗址。迢迢：遥远的样子。

③ 黄帽：即俗称梢公，汉代称为“黄头郎”（见《汉书·邓通传》）

④ 陆天随：唐陆龟蒙自号天随子。

⑤ 吴松：吴淞江，今苏州河，为黄浦江支流。陆龟蒙辞官后，隐居吴江甫里镇。

⑥ 已拚：只好如此。倩：请。

⑦ 笠泽：指太湖。《扬州记》：“太湖一名笠泽，一名洞庭。”

⑧ 玉峰：指太湖群山。护云衣：形容太湖诸峰为云雾缭绕。

⑨ 长桥：垂虹桥。吴江县一座著名的桥。范成大《吴郡志·桥梁》：“利往桥，即吴江长桥也。庆历八

年(1048),县尉王廷坚所建。有亭曰垂虹,而世并以名桥。”

⑩ 舸:舟。

除 夜

［宋］文天祥

乾坤空落落①,岁月去堂堂②。
末路惊风雨,穷边饱雪霜。
命随年欲尽,身与世俱忘。
无复屠苏梦③,挑灯夜未央④。

【注释】

① 乾坤:此指空间。落落:广大的意思。

② 岁月:指时间。堂堂:高大的样子,这里是浩荡阔大的意思。

③ 屠苏:屠苏酒。古代风俗,新年第一天,合家团聚饮屠苏酒。此句表示此刻诗人独处囚房,只有孤灯作伴,恐怕连饮屠苏酒的梦也不会做了。

④ 未央：未尽、未止。夜未央就是长夜漫漫无穷尽。

癸巳除夕偶成(二首)[1]

［清］黄景仁[2]

千家笑语漏迟迟[3]，忧患潜从物外知[4]，
悄立市桥人不识[5]，一星如月看多时[6]。

年年此夕费吟呻[7]，儿女灯前窃笑频[8]，
汝辈何知吾自悔[9]，枉抛心力作诗人[10]。

【注释】

① 癸巳：清乾隆三十八年(1773)。

② 黄景仁(1749—1783)：字汉镛，一字仲则，武进(今属江苏省)人。

③ 漏：漏壶，古代计时器。这里指代时间。漏迟迟，表示已经更深。

④ 潜：偷偷的，隐藏在事物的背后。忧患：主要

指诗人对当时社会积弊的担忧。物外：世外。这里指从其他方面得知。

⑤ 悄：静静的。

⑥ 一星：指金星。

⑦ 此夕：即除夕。吟呻：吟诗。这里是指在吟诗的过程中反复推敲，因此费时较多。

⑧ 窃笑：偷笑。频：多次。窃笑频，表示儿女看他作诗的神情，不觉暗笑。“频”字也照应了前句中的“费”字。

⑨ 汝辈：指前句中的儿女。

⑩ 枉：白白的。唐代温庭筠《蔡中郎坟》诗：“今日爱才非昔日，莫抛心力作词人。”